河出文庫

完本 酔郷譚

倉橋由美子

河出書房新社

完本　酔郷譚

目次

完本　酔郷譚

花の雪散る里

大雪の日の夕方、慧《けい》君は古い煉瓦《れんが》造りの建物の中にあるクラブに出かけた。正面玄関にまわれば「入江記念財団」となっているが、この別の入口から入ると、中は別の世界で、祖父の入江さんが前世紀の、多分まだ昭和だった頃に始めたクラブが今も残っている。麗々しく「＊＊倶楽部」などと書いてあるわけではない。そもそもそういう名前もないらしく、慧君は誰からも名前を聞いたことがなかった。入江さんの呼び方によればそれは「クラブ」で、最近になって入江さんは、「よかったらあのクラブは慧にあげるよ」と言い出したのである。

慧君にはそんなクラブの所有権が自分に移るということが何を意味するのかよくわからなかったし、自分の財産が増えることにも関心がなかった。ただ、自分のものになったとすれば、自由に出入りすることはできるだろうというわけで、ある時一人で行ってみると、扉が中から開けられ、執事風の人が迎えてくれた。そして図書室でも談話室でも、好きなように歩きまわって好きなように時間をつぶすことができた。

この日は雪の中を歩いてきたので、まずは温かい飲み物でも、と思ったが、偶然バーを覗いて気が変わった。一つにはそのバーの主のような人物が最上の微笑で慧君を迎えたからでもある。

バーテンダーの九鬼さんは、半世紀以上という年齢はわかるけれども、老人と呼ぶのははばかられるような強靭さを残している。瞳の色が妙に薄いのも得体の知れない感じを与える。

窓の外では一段と密度を増した雪が降り続き、それを眺めていると建物全体が果てしなく上昇しつづけているような錯覚にとらえられた。そのうちに、ここは大きな客船の中のバーで、今その船は粉雪の舞う闇の海を進んでいるという風にも思えてきた。

「こんな雪の日にはどこかへ行ってみたいですね」と慧君が言うと、九鬼さんはちょっと首を傾けて、「どんなところへ」と尋ねるしぐさを見せてから、

「たとえば酔郷《すいきょう》ですか」と応じた。

「なるほど。晩雨、ではなくて晩雪人ヲ留メテ酔郷ニ入ラシム、ですか」と慧君はたちまち蘇軾《そしょく》の詩を思い浮かべた。

「しかしぼくはこの年で、まだ本格的に酔っぱらったことがないんですよ。遺伝的にも酒は強いらしくて、これまで本当に酩酊したといえるほどの経験がないんです」

「それでは特製のカクテルでもお作りしましょう」

「一〇〇度に近いウォッカでも使うんですか」

「そんな強い酒は使いません。ほかの方にはお出しできない特別のものを入れまして

……」

と言いながら、九鬼さんは奥に入ってカクテルを作ってきた。客の前でシェーカーを振ったりしないのが九鬼さんの流儀らしい。

「フローズン・ダイキリみたいですね」

「まあその類のものです」

「でもこれは本物の雪みたいだ」

外の雪がそのままグラスに盛られているようで、ミントの葉やレモンの飾りもない。そしてどんな酒の味もせず、とにかく正真正銘の雪の味がした。清浄そのもので、仙人が飲む酒のようである。その感想を洩らすと、九鬼さんはわが意を得たりという風にうなずいて、次には鮮やかな血の色のカクテルを出してきた。

「カンパリの色ですか」と訊いたが、九鬼さんはただ笑っている。

「一見ネグローニに似ていますが、これは特別のレシピのもので、名前はまだありません。先ほどのと合わせて桜色のカクテルになります。それからがお楽しみで……」

……。

口をつけてみると、これまた不思議な味がした。血の塩気を抜いて甘くしたような
「酩酊した魂は湿っている」とヘラクレイトスが言ったとか言わないとか、面倒な話をしかけられて答えたりしているうちに、二種類のカクテルの不思議な相乗効果があらわれてきたらしい。慧君は、意識は明断なままで、つまり麻痺とも眠気とも無縁の状態で

陶酔を覚えはじめたのである。これから酔郷へ出かけるのだとわかった。そしてその時はもう間違いなく雪の中に出ていた。酔いのせいか、雪の冷たさを感じない。やはりこの世の雪ではないようだ、と思いながら慧君は進んでいった。

顔に当たる雪がいつのまにか花に変わったように思われた。天上から舞い落ちてくる桜の花びらである。誰かの歌が頭に浮かんだ。

「面影に花の姿を先だてて幾重越え来ぬ嶺の白雲」という気持で、慧君は吉野あたりの山の花の雲とも見えるものを目当てに、いくつかの峰を越えて道を急いだ。

山の向こうに花の里が開けていた。いたるところで花見の宴のにぎやかな気配が感じられるのに、人の姿も犬や鶏の姿も見えない。それでもここは桃源郷のようなところだろうと慧君は判断した。

ようやくお寺の山門や鐘楼の先の方丈風の家に着くと、花びらを重ねたような衣裳に身を包んだ姫君らしい女性が慧君を待っていた。相手が口に出してそう言ったわけではないが、たしかにその様子だったのである。慧君は当然のことのようにその女性を抱き、唇を合わせた。すると今までにない哀しみが全身に伝わってきた。

夢の中でものを考えることがあるのと同じで、酔郷に遊ぶ意識にも分析的な働きは残っているのかと、慧君は自分でも不思議だったが、その哀しみの色は水色でも墨の色でもなくて、明らかに優艶な桜の花の色である。

名前を訊いたが言葉では答えがないので、慧君は「あなたは式子内親王《しょくしないしんのう》」と、自分の好きな歌の多い女性の名前を口にした。すると、「夢のうちも移ろふ花に風吹けばしづ心なき春のうたたね」と、女の睫《まつげ》と唇とが動いたかとも見えぬ間にこの歌が慧君の頭に届いた。相手が慧君の気持に合わせて式子内親王になってくれたのかもしれない。

花の衣にくるまれて、哀しみが肉となり女の姿になったかのような相手と抱き合ったまま、慧君は何日ともわからない時を過ごした。いや、そういうのは正確ではない。ここでは時間というものはなかったし、だから時の経つのを忘れて、というのも正確ではなかった。

外では春雨が降りつづいているようだった。「花は散りその色となくながむればむなしき空に春雨ぞ降る」という歌が慧君の頭に直接届いた。なるほど、あの人にちがいない、と慧君は思ったが、しかし「玉の緒よ絶えなば絶えね……」というあの歌は聞きたくない。

気がつくと、花のような（と最初は思った）顔はむしろ玉にも似て白々と冴えて、黒々と泳ぐ大きな瞳だけが妖しく燃えている。慧君はさすがに恐ろしくなった。案の定、生きた顔の下に続く体はすでに骨になっていた。抱き寄せた手の下で骨はかさかさとはかなく崩れた。慧君は冷静にも、どこかの細い骨を一本抜き取って持って帰ることにした。

急に頭がはっきりしたかと思うと、慧君はもとの止まり木にいて、目の前にはずっと自分の仕事を続けていた様子の九鬼さんがいる。慧君の方から「ただいま」と言うと、相手は軽くうなずいて「お帰りなさい」と言った。

「これはお土産です。ただしぼく用のね」

そう言ってハンカチに包んだ細い骨を出してみせた。それははかないつららのようなものに変わっていた。九鬼さんは、手を出してそれを受け取ると、

「悪戯はいけませんね」と言って、その細い骨を、無造作に口に入れた。慧君はあっと思ったが間に合わない。本物のつららを噛《か》み砕くような軽い音をたてて、酔郷からの土産は九鬼さんの咽《のど》の奥に消えてしまった。

果実の中の饗宴

　あれから「クラブ」のバーで九鬼さんを相手に飲む機会が増えたが、それは大概夜で、他の客もいる時間だった。今日、夏の空が白く灼《や》けている午後、知り合って間もない女の子を連れて、冷たい空気の流れる洞窟のようなバーに入っていった。

　九鬼さんは慧君の連れを品定めする様子もなく、二人に平等に会釈と微笑を配った。

「水から上がってらっしゃったようですね」

「実はそうなんです」と慧君は認めた。

「この子と屋上のプールで泳いできたところです。バリかタヒチあたりに行きたいというんですが、それはまたのことにしてもらって、とりあえずクラブのプールで」

「でもいいな、こんなところは初めてだわ」とマヤさんは言った（摩耶とでも書くのだろうが、正確な名前は慧君もまだ知らない）。慧君はこの時ふと、こういう相手を連れてくるのを九鬼さんはお気に召さないのではないかと思った。

「それではポリネシア風の果物のカクテルでもおつくりしましょう」と言ってかすかな目配せを慧君だけに送ると、九鬼さんは例によって奥に入った。その間、慧君は隣に座

っている マヤさんの南方系の皮膚から放射する熱と果肉の匂いに気をひかれていた。それは日に焼けると褐色の中にあけびの紫が沈澱したような不思議な色になる肌である。大きな目の表面にはぼんやりと薄い霞の膜が張っているように見える。唇は赤みを取り戻して食欲をそそる光沢を見せていた。

九鬼さんがつくったのは黄色と赤と緑の、鮮やかな果汁のようなカクテルだった。

「この黄色いのがトッカータ、次の黄色いのがクレッシェンド」

「フーガではなくて？」とマヤさんが言った。

「なぜかそういう名前です。この赤いのがダル・セーニョ。この緑のがフェルマータ」

「全部音楽用語ですね。楽典に出てくる」と慧君が言う。

「知ってるわ。子供の頃ピアノを弾いていたから」とマヤさんも言った。

慧君とマヤさんは最初に黄色のを飲み、それから慧君は赤いのを、マヤさんは緑のを飲んだ。どちらも今までに食べたことのない果物の豊潤な味がした。そして何種類かの酒を混ぜてつくったというよりも、芳香を放つ果肉がそのまま溶けて発酵して強烈な酒に変わったような趣があった。例によって秘薬か秘酒が入っているのか、それとも文明社会にはまだ知られていない薬効成分をもった果物でも使われているのか。九鬼さんにレシピを訊いても無駄だろうから、慧君は黙っていた。マヤさんは低いかすれた声で、

「おいしかった。でもアルコールは強くないみたい」と言って笑った。

「じゃあ今度は普通のをもう少し飲もう」と慧君は言って、極端にドライでないマティ

ニを注文した。

夏の午後にふさわしい酔いのほかに格別の感覚は起こらなかった。

「今日のは特別の効能はないいんですか」

「遅効性です」と九鬼さんは事務的に言った。

「何だったらお部屋の方でおくつろぎになってはいかがですか」

「そうしよう」と言って立ち上がったあたりから、慧君はにわかに特別の効能が現れはじめたのに気がついた。ボーイの案内で客室に着いて扉を開けると、そこはすでに「ここ」ではないどこかだった。南方の太陽の熱気と海を渡ってくる湿った柔らかい風を感じた。

マヤさんが「ここはどこ?」などとは言わなかったところをみると、そちらにも同じような効能が現れていたにちがいない。ポリネシアかミクロネシアあたりの島にいることになっていると慧君は思ったが、不可解なことに何次元の空間にいるのかよくわからなくなっていた。

その空間を色とりどりの熱帯の果物がみたしていた。それが大変な大きさで、慧君は自分が果実の間に迷いこんだ小さな虫のような気がした。というよりも、途方もない絵の中に入りこんだのかもしれない。静物というには余りに無秩序に存在する果物は、それぞれの色の絵の具でできているように思われた。

その時慧君は、ゴーガンをモデルにしたというモームの『月と六ペンス』に出てくる果物の絵を思い出した。それは、あの小説のかたり手の「私」がタヒチに行って、医者の診察室で見た、妙に猥雑だという絵のことで、今ここにある果物もそれに劣らず奇怪な色彩と動物的な輝きをもっていた。鮮やかな黄色、青蛙のような緑、くすんだ群青、血の色とも宝石の色ともつかぬ赤、「死」の色としか言いようのない暗緑色から紫に移っていく果実の皮の色……すべてが過剰なほど生命に溢れていて、しかもその絶頂で腐敗と死に移行しようとしている。

あの小説のストリックランドという男は、中年になって妻子を捨て、画家になるといって絵を描きはじめ、放浪の果てにこの島に来た。そして神の向こうを張るようにして作品を創造することだけに生きて、死ぬ時には描いた絵も小屋も焼き払うようにと現地人の妻アタに命じて死んだ。アタは言われた通りにした。その絵の一枚を医者が手に入れてもっていた。慧君はそれを見ているのだと思ったのである。

しかし描かれた果物は神の創造物と同じに、というべきか、神には及ばず、というべきか、その中に死の詰まった生命でしかなかった。まわりの果物は、生々しい死体を開いた時の内臓に似ていた。

そういうことだったか、と慧君は納得して、こうなったからにはこの圧倒的な腐敗と死に、身を任せてそれを味わうしかあるまいと覚悟を決めた。そして虫になったつもりで薄桃色をした果肉の中に入っていくと、それは甘い芳香を放ちながら溶けはじめていた。腐敗か発酵が始まっていたのである。その時自分の体も溶けはじめているのがわかった。肉は肉、脳は脳、内臓は内臓、骨は骨、血液は血液で、無数の細胞の結合がゆるんで、それぞれが小さな果実のように熟れて腐敗を競いながら溶けて、軟らかい絵の具状の物質に変わっていくのである。慧君はこの時、『月と六ペンス』のストリックランドがハンセン病にかかり、盲目になって死んだことを思い出した。自分もそうやって、はっきりした意識を保ったまま、体の全細胞が崩れ、溶けていくのを感じるのは無上のエクスタシーだった……。

しかしこれは本物の死ではなかった。気がつくと果物は消えて、壁の中からガムランや竹琴で演奏されるバリ島の音楽のようなものが聞こえていた。

「夢を見ていたの？」と慧君が訊くと、マヤさんは、

「ううん、夢とは違う。どこか赤道近くの島へ行ってた。そこで生きたまま、体が腐って溶けていったみたいなの」

そう言ってマヤさんは自分の腕や裸の腹を眺めた。

「悪酔いしたのかもね」

「ぼくも同じだったね」

「でも、別に大丈夫みたいよ」

慧君はうなずいてマヤさんの胴に腕をまわした。肉は固くてひんやりと乾いて、あの腐敗のかげもなかった。しかし本当は、二人とも、皮膚の下に隠されているのはあの溶けていく果肉のような内臓ではないか。紫色に輝く死が芳香を放っているのではないか。

慧君はマヤさんの中に入ってそれを確かめてみたくなった。

そよ風のように軽い音楽（これは九鬼さんの心遣いだろうと慧君は思ったが）はまだ続いていて、妙に可憐な「軍艦マーチ」のメロディーまで出てきたりした。大昔の第二次大戦中に日本軍が南方の島を統治していた頃の置き土産らしいが、マヤさんはこのメロディーを知っていて笑った。それから二人はベッドの上で抱き合ったが、堅固でなめらかな動物の皮膚が擦れ合う感覚は、おなじみのダンスの快感に似ていた。慧君はこの南方系の女の子を抱いてベッドの上の二次元のダンスを楽しんだ。

月の都に帰る

誰かの句に「ふるさとの月の港をよぎるのみ」というのがあった。慧君にとってそこはふるさとではなかったが、秋の終わりの旅の途中で一夜を過ごしたのは確かに「月の港」だった。月明かりの下で船のマストが林立する港は「ボストン漁港」か何かのデュフィの絵を思わせた。砂に埋まった廃船を覗きこむと、中に溜まった雨水に月が映っていた。その月を掌で掬《すく》い上げようとしたが、月はゆらゆらと水母《くらげ》のように逃げようとする。その時月は突然白い女の顔に変わった。

振り向くとその顔の主が立っていた。相手が驚いた様子を見せなかったので、慧君はこれは自分に会いに来た人だろうと判断した。

「月を掬おうとしていたところです。ところが掬ったつもりの月があなたの顔に化けた」

「そのようですね」と相手は笑った。その笑いの光芒に包まれた顔がまた月のようだった。名前を訊くと、

「とりあえずケイコとしておきます」

という答が返ってきた。

「恵むの恵子、拝啓の啓子、それともかつらの桂子？」

「お好みならかつらの桂子にしておきましょう」

「祖母の名前と同じだ」と慧君はつぶやいた。本当は祖父の入江さんが親しくしている人のことだったが、ここではそんな面倒なことは抜きにして、事実上祖母に当たる人、ということにしたのである。

こうして始まった付き合いの最初の頃から、慧君は桂子さんがこの世の人ではないことを半ば以上信じていた。相手は幽霊だったが、付き合っているうちに次第に固まって実体ができて、この世の女になり、その女と所帯をもつ。現にそんな小説があったことを思い出して、慧君もその筋書きに従うことにした。

それである時慧君は、一緒に暮らす話を持ち出してみた。しかし結婚して所帯をもつという話は、これから月へ出かけようといった話以上に絵空事で、変な気分だった。桂子さんは笑ってはぐらかすようなこともなく、真面目な顔をして慧君を見つめた。その目の中に喜色というか感動というか、ともかくただならぬ色が見えたことで慧君も気が動転して言葉を失った。

「ご希望ならそうしてもいいけど」と桂子さんは言った。

「考えておくわ」

電話というものがあるのに、桂子さんとの間では一度も使ったことがない。たとえば月の夜などに慧君が会いたいと思った時、桂子さんは突然慧君のいる場所に姿を現すのである。何度目かに会ったのがこの九鬼さんのいるバーでのことだった。

「今日もまるで天から舞い降りてきたみたいですね」

「私が天女だというわけですか」と桂子さんは笑う。

「偶然ですよ、偶然。慧君を見つけたから尾行してきて今横に座ったところ」

「それじゃ私立探偵だ」

「そんな生易しいものじゃありません」と桂子さんはわざと凄い目をしてみせた。「慧君のことは一部始終、体の動きから頭の中で渦巻いている精神の状態まで見張っているってわけ」

「それでぼくがよからぬことを考えたとたんに現れるってわけ？」

そんな戯《ざ》れ言のやりとりがあって、桂子さんが九鬼さんに目配せすると、九鬼さんはうなずいて、例によってまた何やらいわくありげなカクテルをつくりに奥へ入った。

「九鬼さんと顔なじみのようですね」と訊いたが桂子さんは首を振った。

「私の同類みたいな気がしたので、ちょっと意を通じてみただけです」

「言葉を使わないで？」

「別に超能力を使ったわけじゃないわ。何かつくって下さい、二人を狂わせるようなものを、と目で合図しただけ」

九鬼さんが二人のためにつくってくれたカクテルは鮮やかな黄金色をしていた。慧君はいくつか思い当たる名前を言ってみたがことごとく首を振られて、ようやく「ビトゥイーン・ザ・シーツ」を思い出すと、九鬼さんは唇の右端で笑って、

「まあその類です」と言った。

あれには強力な媚薬でも入っていたにちがいない、とあとになって慧君は思った。その夜初めて男女の仲になったが、添い寝している時の桂子さんの体はどんな物質でできているのか、不思議な感じがした。なめらかな玉のようで、手に吸いつく感触は何か人間を超えた生き物を思わせるものがある。その玉の肌は中からかすかに光を放っているように見えた。

慧君の頭に妄想が浮かんだ。この玉のような物質を切り裂いてみると（そんなことができる刃物がありそうにも思えなかったが）、血も出ず、内臓もなく、ひょっとすると鮮やかな石榴《ざくろ》の中のようになっているのではないか。その無数の宝石に似た粒々が桂子さんの「精神」というもので……しかしそんな妄想を桂子さんに読みとられては困るので、慧君は相手の外面だけを優しく探索するにとどめた。

それから二人の関係は俗に言うのっぴきならぬ仲に陥って、それは慧君からすれば、桂子さんがいなくなった時には内臓をすっかり抜き取られたようで生きていけなくなる、ということだった。といっても、結婚して一緒に暮らすというような方法で桂子さんを縛っておくことができるとは思えなかった。それはちょうど猟師が羽衣を隠しておくことで辛うじて天女を繋ぎ止めるのに似て、あまり意味のないことのように思われた。

ついに桂子さんの口から恐ろしい言葉が出たのは九鬼さんのバーで飲んでいた時のことだった。窓の外の冬の月を見ながら桂子さんは、

「そろそろあちらに帰らなくては」

と低い声で慧君だけに聞こえるように言った。

「まるでかぐや姫だ」

「私が？　でもかぐや姫って、どう見ても十代の少女の感じでしょう」

「そんなことはないでしょう。最後に天に昇っていった時にはあなた位の堂々たる女神のような女性でしたよ」

「私の年もご存じないくせに」

慧君はまた恐ろしいことを想像した。二十五とか三十といった数字ではなく、数百、数千という数字が出てくるのではないかと思ったのである。ここでも慧君は相手が神々や妖怪変化の一族であることの方に賭けていた。

いつかこの日が来ることは覚悟していたと言ってやろうと思ったが、慧君はそれを言うかわりにふざけて、「人生足別離」という言葉を口にした。

「何、それ？」

「于武陵《うぶりよう》の五言絶句。これをある人が『サヨナラ』ダケガ人生ダと訳している」

「私たちの場合には当てはまらないようね」と桂子さんが沈んだ声で言った。

「少なくとも私には」

その夜、桂子さんが席を立って姿を消してからの慧君は人の形を保っているだけの死人に等しかった。脳も内臓もすっかり桂子さんが抜き取って持ち去ったようで、もうこのまま死んでもいいと慧君は思った。それを見ていた九鬼さんが気付け薬としてつくってくれたのは「ブルー・ムーン」だったのか、とにかくその色は薄紫で、あの蒼白な月を囲む空の色としては申し分なかった。「ながめつつ思ふもさびしひさかたの月の都の明け方の空」という歌が頭に浮かんだ。

「でも、あの女の後を追って昇天するわけにはいかないでしょう」という九鬼さんの言葉が辛うじて聞こえた。それとともにようやく生気が戻ってきた。

窓の外は木枯らしで、寒月が高く浮かんでいる。それにしても、最初の時以来、桂子さんと会う時は妙に月に縁があったことに気づいた。あの人は月に帰っていったことにしておこう。そう決めると、慧君は九鬼さんにさっきのカクテルのお代わりを頼んだ。

植物的悪魔の季節

緑が濃くなってくる季節で、明るいところから入ってきた慧君の目には、九鬼さんの立っているカウンターのあたりの暗さも濃厚な緑陰のように思われた。ほかの客は誰もいない午後の一番好きな時間を九鬼さんと向かい合って過ごしていると、珍しく九鬼さんの方から慧君のやっていることを話題にした。

「結局のところ、坊ちゃんがやっていらっしゃるのは一種の宗教ですか」

「サービス業でしょうね。善意も悪意もないサービスの提供です」

慧君は教団を組織するつもりもなければ信徒をまわりに集めて崇拝を受けるつもりもない。布教を通じて信徒を増やすつもりもない。何事も約束せず、勿論救済など謳《うた》わず、ただ、考えることを厭《いと》わない人、脳の体操を楽しむ人のためにメッセージを送る。神童だった慧君は、小さい時から膨大な知識を渉猟《しょうりょう》した結果、宇宙の誕生から人間と神の絶滅までを包括する意識の宇宙をつくり、瞑想によってそれを構造化し、あらゆる問いに対して最少の言葉で答えたり、その場で言葉の即興演奏をして応えたりする術を身につけたのである。そして幼年期を脱した頃から慧君は、ネットワークの世界であまねく光を送る太陽のような存在になっている。

慧君は九鬼さんの言葉を聞き流しながら、ふと自分の手がいやに蒼白いのに気がついた。正確には、ついこの間まで咲き誇っていた山桜のような、淡い緑のまじった白さである。それともこの色は、ここに来る前に抜けてきた公園の若葉の天蓋から滴《したた》った新緑に濡れたせいだろうか。それにしても顔までこんな色だとすると、ぼくはだんだん植物に近づいていることになる、と慧君は埒《らち》もないことを考えた。

「さっきから、妙にものが緑がかって見えるような気がする。照明のせいかな」と慧君がつぶやくと、九鬼さんは一瞬鋭い目で慧君を見たが、

「気のせいでしょう」と素っ気なく片づけた。

「でも外は万緑ですからね。ここまで緑に染まった空気が入ってくるのかもしれない」

「というより、怖い話をしますとね、本当は坊ちゃんの体の中が緑がかってきて、目の白いところまで薄緑になっているから、物も緑がかって見えるんです」

「九鬼さんの超能力によると、ぼくの体の中に何が見えるんです？」

「たとえば樹液に似たもの」

「それは怖い話だ」

「本当ですよ。このままでは、遠からず体の中の動物的精気を失ってしまう。まあ、植物になるんでしょうな」

「何か植物的妖怪に取り憑かれているみたいじゃないですか」

九鬼さんはそれには答えずに、黙って慧君の全体を観察した。医者が診断を下す時のようだった。それから九鬼さんは事務的な口調になって、

「最近どんな女の子と付き合っていらっしゃるんですか」と尋ねた。慧君も医者の問診に答えるように、

「いろいろですが、一人変わった子がいます」と白状した。

それは王安石なら「晴日暖風麦気を生じ……」と詠いそうな初夏の日に逢った少女で、慧君はこの相手を、これも王安石《おうあんせき》が「緑陰幽草花時に勝る」という通りの若葉の丘に連れ出したのだった。新緑の間からは田園風景が一望できる。といっても実際に見えたのは遠くの丘陵の間を埋める高層住宅の群だった。

ネットワークで知り合った相手は「みどり」と名乗っていた。画面で慧君に見せた顔もその名の通りに緑の要素が目を引いた。長い髪は、普通の黒髪のように赤みがかった黒ではなくて、明らかに緑を含んだ黒である。瞳も同様で、緑を帯びた黒だった。血の気のない顔の白さがこの緑を引き立てて、少女を植物の精のように見せていた。

慧君はネットワークで知り合った女性の中で、相手がそれを望み、慧君もそれを断りたくない相手とは実際に逢って付き合うことにしているのである。その付き合うということは、相手がそれを拒まない限り、男女の仲になることだった。すでに何人もそういう相手を連れて九鬼さんの前に現れたことで、九鬼さんも察しがついていたにちがいない。

初めて逢った日、緑陰幽草の陰で慧君はみどりさんを抱いた。その時の様子を九鬼さんに事細かに説明するわけにはいかなかったが、それはいわば長い時間をかけて体液を交換するのにも似た交わりだった。蔦《つた》と若い樹が絡み合ったようにしているうちに時が過ぎて、緑の天蓋の隙間を白い雲が流れ、慧君は眠りに近い平安と陶酔に身を任せていた。眠りからさらに死に近づいていたかもしれない、と後になって気がついた。とにかく、それを慧君は「植物的な交わり」とひそかに呼んだ。植物的生命との交歓と言ってもよい。動物の一種である人間の女との交わりとは違って、もっと広い、粒子的でない、すべてが溶けた涅槃《ねはん》の海にひたっているような感覚があった。

「何だか点滴を受けたみたい」とみどりは笑ったが、そう言われてみると、慧君は長い時間の間に少しばかり体液を失って、その代わりに別のものを相手から受け取ったような気がした。

「血液交換か透析か」と慧君もふざけて言った。

こんな植物的交わりを何度か繰り返しているうちに、慧君はこれまでにない疲労、というよりもいわく言い難い痺《しび》れのようなものを覚えるようになった。強いて言えば、体が動物から植物に徐々に移行している感じがあった。

そのことを説明すると、九鬼さんは無造作に、「一度連れていらっしゃい」と言った。それなら魔界のことに詳しい九鬼さんに鑑定をお願いするのも悪くない、と慧君も思った。その魂胆を察したのか、九鬼さんはグラスを拭きながらこう言った。

「私は植物界のことには疎《うと》いし、まあ言ってみれば管轄外ですが、とにかく植物とお付き合いするのは用心した方がいい、ということです」

それからしばらくたって、夏の盛りの万緑の頃、慧君はみどりさんを連れてクラブに現れた。九鬼さんにはこれが例の少女だとは言わず、名前だけ紹介した。みどりさんは植物的に寡黙で物静かな少女だったので、もっぱら慧君がしゃべり、その言葉をみどりさんは点滴でも受けるように受け入れながら、緑がかった瞳を翳《かげ》らせて微笑していた。やがて一足先に帰ると言いだして、みどりさんは姿を消した。

その姿が見えなくなった直後に、慧君は異変を感じた。耳に聞こえない凄まじい叫び、それに混じって堅い幹を打つ斧の響き、木のころがる音……慧君は思わず立ち上がると、これまで何となく覗くのをはばかられた九鬼さんの仕事場に踏みこんだ。一瞬目がくらんだのは、そこに薄暗い室内の光景ではなく、空も見えないほどの若葉の森が広がっていたからである。九鬼さんはたしかに斧のようなもので木を伐って、それを鉈で人間の腕ほどの長さに切りそろえていた。さらに包丁で大根でも切るように筒切りにした。梧桐に似た木の幹は意外に柔らかいのか、簡単に切り刻まれていく。

この作業全体はなぜか人間の死体の解体のような印象を与えた。緑を帯びた白い木の幹は若い少女の腕や脚のようだったし、そこに滴る木漏れ日は輝く血痕のようだった。

九鬼さんは切り刻んだ幹を絞り器にかけて樹液を絞った。血のようにしたたる樹液は見たこともないほど深い輝きをもって芳香を放っていた。慧君は思わずそれを飲み干したいと思った。九鬼さんが「しばらくあちらでお待ちを」と言うので、カウンターの席に戻って待っていると、やがて緑の液体の入った深いグラスが出てきた。見た目には緑のペパーミントを使ったカルーソーやアクア・マリーナに似た感じのものである。

「むしろデヴィルの一種としておきましょう」と九鬼さんは言う。

「コニャックとグリーン・ミントのやつですか」

「勿論、中身は秘密ですがね」

慧君は一口飲んで言葉を失った。九鬼さんの特製のカクテルはいつも、その味と香りと陶酔を描写する言葉を超えている。中でもこの緑のカクテルは別格だった。樹液らしいものを飲んだおかげで慧君の体内には深紅の血の色が戻ってきた。そこにどんな化学変化があったのかわからない。とにかくこうして植物的魔女の季節は終わった。

鬼女の宴

「そろそろ紅葉狩りの季節ですね」と慧君が言うと、九鬼さんは「茸《きのこ》狩りというのもいいでしょう」と応じた。

「それにしても、今日は坊ちゃんの方に何か魂胆がおありのようだ」

「実はそうなんです」と言って、慧君は九鬼さんをこのクラブの小さなホールの方に誘った。午後のこの時間、しばらくは体を借りてもよかろうと思ったのである。九鬼さんもそこは心得ていて、「午睡中」の札を掛けると慧君のあとに従った。

九鬼さんには毎度特別のカクテルの力を借りて異境に遊ばせてもらうので、今度はお返しに慧君のつくった画像を見せて、紅葉狩りとしゃれこむつもりだった。この小ホールには二メートルに三メートルほどのスクリーンがあり、端末を操作して慧君のワークステーションに入っている画像をここに映し出そうというのである。

「実はこの間桂子さんから紅葉狩りの話を聞いたもので、ぼくも一つやってみたくなったんです」

「桂子さんって、坊ちゃんのお祖母様になられる方ですか」

「お祖父様と結婚すればね」

慧君は桂子さんがいつか祖父の入江さんの正式の夫人になるかどうかはともかく、夫人以上の存在であることを妙に力説したくなったが、九鬼さんのことだからこういう事情にも当然通じているだろうと思って、その話はやめにした。

「何でも桂子さんの紅葉狩りには、古今東西のきわめつきの魔女、鬼女、女殺人鬼、それに西太后みたいな大悪女を招待して、時空を超えて紅葉の名所を訪ね、シナのどこやらへまで飛んで華やかな酒宴を繰り広げたということですが、例によって、夢の話なのか、その場でつくった話なのか……」

「本当のことかもしれませんよ、あの方のことですから」と九鬼さんは意味深長な皺を目尻に刻んだ。

「ぼくのはヴァーチャル・リアリティというやつですが、とにかくその紅葉狩りの話をこんな具合に画像にしてみたんです」

目の前のスクリーンに輝かしい色彩が現れた。満山錦に飾られた景色の中へ分け入っていくように絵が動き、林を通り、斜面を下り、渓流に出てまた林に入る。今、この画面には金、茶、朱、紅、紫などの葉が夕陽を浴びてきらめき、その絢爛《けんらん》たる色彩が放つ光で部屋は明るくなり、それはちょうど燦然《さんぜん》と輝く金管楽器のオーケストラを前にしたようだった。

「見事なものですな」

「さっき思いついたんですが」と慧君は端末を操作しながら言った。

「空に星を出しましょう。『爛々《らんらん》と昼の星見え菌生《きのこ》え』というわけで……」

慧君はこの空を、ゴッホの「星月夜」を頭に浮かべながら、渦巻く光芒の中に爛々と光る眼のような星のある空に変えた。

「これなら鬼女たちを招待するのにふさわしいでしょう」

「その前に、われわれもこの中に入りませんか」と九鬼さんが言った。

「この広さなら大丈夫でしょう」

そしてキーボードに手を伸ばしてどこかをすばやくいじった。すると色とりどりの樹が群舞する人のように前後左右に動き、画面から歩み出て慧君たちを取り囲む動きをした。あ、と声を立てるまもなく、慧君は紅葉黄葉の林の中にいた。

「次は鬼女を出したいのですが」

「ああ、どうぞどうぞ」

九鬼さんは慧君の手元を覗き込んだ。慧君が工夫したこの画像では、たとえば、それらしい扮装をした六条御息所《ろくじょうみやすどころ》なりメーディアなりに怨念や嫉妬や恋心といった情念を吹き込むと、それが肉体化して画面の中で動きはじめる、という仕掛けである。そのことを九鬼さんに説明しながら慧君はいつもの通りに操作したが、なぜかうまくいかなかった。

その時、座っている地面に異常な気配があった。あちこちで地面が持ち上がり、瘤のるようなもの、拳のようなもの、頭のようなものがそれぞれに鮮やかな色をして生えてくるのだった。

「くさびらですね」と九鬼さんが感嘆したような声を上げた。

「茸ですよ。ほら、さっきの『爛々と昼の星見え菌生え』という呪文が効いて茸が生えてきたんです」

「まさか。それじゃまるで狂言じゃありませんか。どうなったんだろう」

九鬼さんは珍しくはしゃいで狂言師の口調で言う。

「ホイホイホイ。これは茸が生えてくるところです。南無三《なむさん》、くさびらがものを言いおった。のう、恐ろしや、恐ろしや。ホイホイホイ。いろはにほへと、ボロンボロ、ボロンボロ……またおびただしいことじゃ。これは山伏がうろたえて祈っているところ」

「ぼくが招待した鬼女たちが、間違って茸になってしまったらしい」

「それもありますが、ここはもともと女たちが茸になって生えてくる土地なんです。ごらんなさい、この土は女の肉からできている。シナには竜土というのがあって、その一帯に竜の肉が埋まっている。というより、土が竜の肉でできている。切り取って食べると肉の味がしてうまい、ただし、竜の名を唱えてはいけないという」

「『聊斎志異《りようさいしい》』あたりに出てくる話みたいですね」と慧君は言った。九鬼さんにからかわれているらしいことにようやく気がついたのである。

しかし九鬼さんは真面目な顔をして、紅や黄金色や卵色や赤紫の茸をむしるようにして取り、さらに手刀をつくって地面の土を切り取った。慧君も同じことをしてみた。生肉ほどの強い抵抗があるわけでもなく、茸の下の土、いや肉のようなものは、よく煮込んだバラ肉の感触で手につかみ取ることができた。

「これはご馳走です」と九鬼さんは上機嫌で言った。

「これで鬼女の酒宴と行きましょう」

「どうやら九鬼さんの魂胆がわかってきた」と慧君も調子を合わせて言った。

「ぼくは鬼女たちを招いて一緒に酒宴を催すつもりでいましたが、こうして鬼女たちを食べて酒盛りをしようというわけですね」

「これはうまいんです」と、九鬼さんは赤紫の肉のひとつかみを口に入れ、食通の顔で賞味してみせた。

「ぼくはこの茸の形をした方を」と言って、慧君はベニテングダケのような色をしたものを口に入れた。それはその毒々しい色に似合わない優しい香りがした。化粧した女の人の口元を食べるとこんな味がするのではないかという味……。

「ではお飲み物をお持ちしましょう」と言って九鬼さんは腰を上げ、飄々《ひょうひょう》と歩を運んで林のかげに消えた。どこでどうつながっているのか、その先はいつものバーの九鬼さんの仕事場らしい。まもなく九鬼さんは、紅葉黄葉の色をした何種類かのカクテルを銀の盆に載せて、バーテンダーの顔で現れた。しかしその後ろについて現れたのは本物の鬼女だった。銀髪の、しかし年齢不詳の佳人が天女の羽衣のような軽やかな衣装を身にまとって歩いてくる。

一瞬慧君は息をのんだが、よく見ると、桂子さんだった。桂子さんはこの異様な昼間の星月夜の下の紅葉の林をどう思っているのか、いつものバーの一角にでも入ってくる調子で慧君の前に現れると、目で挨拶し、「私、これをいただくわ」と言って赤いカクテルに口をつけた。

「楊貴妃かしら？」

「ぼくはこちらにしよう」と言って慧君が取り上げたグラスには金色の液体が輝いていた。

「ラスティ・ネイルといったところかな」

九鬼さんは微笑するだけで答えず、夕陽を顔の片面に受けて、「瘦男」の面のように見えた。桂子さんが、

「九鬼さん、この子にまたいたずらをしたんじゃない？」と言うので、

「茸狩りに来て、茸を食べたところですよ」と慧君は言った。

「こんな茸？」と桂子さんは顔の前に拳を上げて見せたが、それは半透明な水母のような形の茸に見えた。慧君は叫びそうになるのを抑えながら、少し悪酔いしたようだと思った。

「この樹登らば鬼女となるべし夕紅葉」という声も鬼女の声に聞こえた。

それからの時間を慧君は覚えていない。あたりは暮れかけていた。紅葉も人の顔も暮

れて消えようとしていた。これでいつものところに帰ることができる。そう思った時、慧君は見慣れたバーにいた。隣には桂子さんが腰掛けていて、目の前には九鬼さんがいた。九鬼さんは目配せして、「お疲れさま」と言ったようである。

雪女恋慕行

雪の日にしてはクラブに人が多かった。バーの止まり木にも何人かの客がいたので、慧君は窓際の席に座った。窓の外は「ロの字」の建物に囲まれた深い井戸のような中庭だったが、今は降りしきる雪のカーテンに遮られてその「ロの字」も見えなくなっている。

見えるのはただ雪だけで、慧君は大きな船に乗っているような気分になった。船は動いている。ただし、水平にではなくて垂直に、つまり果てしなく上昇していくように思われる。あとからあとから沈んでくる雪の動きに目を凝らしていると、逆に自分の船がどこまでも上昇していくのを感じるのである。幼い頃から慧君は、降る雪を仰いでいると無限に昇天していく気分になって、そのまま夢幻の世界に移っていく経験を何度となくしたものだった。

天気予報によれば「晩来天雪ふらんと欲す」という空模様だったが、雪は午後早くから降りはじめた。こうして雪のカーテンが下りて仕事のある世界を遮断してしまうと、人々はにわかに仕事のない別の世界に移転したような気になって、たとえばこのクラブに異界の空気を吸いにくるのかもしれない。

「お待たせしました」と言って九鬼さんがもってきてくれたのはグラスの縁に塩をまぶして雪に見せたカクテルで、雪の融けた水のようにほとんど色もなかった。マルガリータみたいだ、と慧君は思ったが、その味と香りは初めてのもので、それにグラスの縁にきらめく白い結晶は、塩ではなくて本物の雪だった。なかなか強い酒が使われていて、それは一口で人を陶然とさせて酔郷に誘う性質をもっている。そして今は慧君を船に乗せて昇天させるほどの勢いで雪が降っている。だから酔郷も天上にある。天上には亡くなった母上がいる。それも雪一面の天の原の果てに、墓標もなく、ただ白い顔、白い体をして雪の女になった母上がいる。

慧君が母上を思い出す時にいつもそういうことになってしまうのは、母上が空中衝突という事故でこの世から姿を消したのも、空を雪が舞っている日のことだったからである。

いつのまにか九鬼さんが来て慧君の前に座っていた。

「あれもこういう日でしたね」

九鬼さんは読心術を使ったかのように慧君の頭の中にあるものを言い当てた。

「雪が降る時に思い出すことはいつも決まっている」と慧君は窓の外に目を向けたまま言った。

「ぼくは母の遺体を見ていない。ばらばらになった上に焼けてなくなったといわれたけれど、そんなことはないと思う。母は天上の雪の世界にそのまま移転したのだと思いたい。で、こんな日には、墓参りにでも行くような具合に、一度あちらに訪ねていきたいと考えていたところです」

九鬼さんが口の中で何か言ったのは『母を恋ふる記』というふうに聞こえた。慧君も実は子供の頃にそれを読んで知っていた。家の書庫に入って谷崎潤一郎のこの本を見つけて一人で読みながら泣いたことを覚えている。その後の慧君は人前ではつねに明朗な子供で、他人に涙を見せた記憶はない。しかし慧君はその母の顔を覚えていなかった。肌の匂いも髪の色も覚えていなかった。写真の中の母は申し分なく美しいが、あれは嘘臭い。

新しい母上がやってきてから、あの亡くなった母上は慧君の脳の記憶装置から永久に消えてしまった。ちょうどディスクに同じ「母」という名前で「上書き保存」されたように。そして新しい母上とは当然のことながら一緒に暮らしているので、日夜重ねて脳のディスクに書きこまれ、保存されていくのはこの新しい母上の方である。慧君はできれば「上書き保存」はしないことにして、その都度名前をつけ、分類してこの母上の記憶を頭に蓄えている。この分ではいずれ脳のディスクの容量も足りなくなる。母上は脳から溢れる。頭がおかしくなる。つまり慧君は恋しているのと同じ状態にあった。

「お待たせしました」と再び九鬼さんが言ったのは出かける支度ができたということで、確かにその出で立ちは蓑笠《みのかさ》つけて雪の道を歩く人の姿を思わせるものがあった。慧君が

「どこへ？」と聞かなかったのも、今は雪の天の原へ行くこと以外は考えられなかったからである。

九鬼さんと一緒にどこかへ出かけたことはあったのだろうか。何度かあったようにも思えたが、それはいつも夢か幻覚だったかもしれない。あるいは、そんな時に慧君のそばにいた九鬼さんは、実体を離れた映像のようなものにすぎなかったのではないか。ところが今は違っている。九鬼さんは実体のある本物の九鬼さんで、二人で歩いていく雪の微粒子の充満した世界の方がこの世とは思われない別の世界だった。それにもかかわらず、そんな世界を歩いていることに少しも非現実感がない。

慧君は九鬼さんを相手にこれまでになく現実感のある会話を続けていた。

「亡くなったお母上がお父上と結婚なさった時のいきさつはよく承知しています」と九鬼さんは言ったが、それはまだ慧君の祖父の入江晃氏が首相の座にあった頃のことで、父の俊氏が大スキャンダルの末に当時の夫人との離婚に漕ぎつけたのも、そのみや子さんというひとを夫人にするためだった。そして結婚後慧君が生まれた。その母を慧君は五歳で失ったのである。その数年後に新しい母になるゐり子さんというひとが現れて、俊氏は三度目の結婚をした。慧君は遺伝子を共有しないゐり子さんをお母さまと呼んで我がもののように所有している。

「母が亡くなった時」と慧君は語りはじめたが、これは勿論、失われた母上のことだった。

「内臓のほとんどを摘出されたらこんなではないかという感覚があった。でもプロメテウスではないけれど、内臓はすぐに生えてくるものです。そうでないと生きていけない」

「母親を失ったその喪失感でその人の人生が決定されるかのような説をなす人もいる。そういう人は無理に喪失感を保存することに努めているらしい」

「その喪失感を自分のアイデンティティとして生きようとしているのでしょう。でもぼくはそれほど変質的ではありませんね。内臓の一部がなくなって空洞が残ったままで生きることはできない。誰でも内臓は生えてくるものです。それでぼくはその空洞の中に亡き母を求めて泣く、ということがなかったと思う。それより、新しい生きた母がほしかった」

「坊ちゃんがそのひとを見つけた」

「そう、あのひとはもともとぼくがほしいと思って来てもらったのだと思っている。そのためには父と結婚してもらわなければならないということが五歳や六歳の子供にはどういう理屈なのかわからなかった。今思うと、ぼくはあのひとを『母に娶《めと》った』ような気がする」

「それは見事な表現ですな」

「いまだにあのひとが父の妻だという実感がない。そんなことはおよそどうでもよくて、ぼくには母以外の何者でもない」

「つまり慧君のお母さまにして慧君の女、ということでしょう」

「正確な表現ですね」と今度は慧君がうなずいた。

「あのひとは人間ではない。ぼくの前にしゃがんで、人間のものとは思えない美しい顔を焦点が合わないほど近づけられた時、ぼくは体が痺れて、これこそ女神の顔だと思った。長い手足もうなじも唇も人間と同じ肉でできたものではないと思った……」

　こんな話を交わしながら慧君と九鬼さんは肩を並べて歩いていったが、降りしきる雪の中には道らしい道もなく、雪か雲かわからぬものを踏んで進む時の難渋感のようなものはあった。とはいっても、確実に死に近づいていく雪中行の切迫感もない。

「雪の天の原での遭難」という言葉が浮かんだが、慧君は一笑に付した。

「ひどい道行きになりましたね」と言った慧君もこの道行きに苦しんでいるわけではない。

「こうやって動いていると寒さは感じませんが」と九鬼さんは少し息をはずませて言った。

「駒とめて袖うちはらふかげもなし佐野のわたりの雪の夕暮……」

　冷気もなく雪が舞う景色は、そのまま柳の綿毛が舞う江南の数千里のようでもあり、狂気の如く桜吹雪の流れる吉野山のようでもあった。

　それにしてもあたりはまだ明るかった。どこか別の世界から来る間接照明のようなものに照らされて、この世界は黄昏でも夜明けでもない明るさを保っていた。真昼なのに暗く、暗いのに夜の闇とは無縁のこの不思議な明るさには覚えがある。ひょっとすると誕生以前の胎内にでも入りこんだのではあるまいかと慧君は思ったのである。

「どこまで行くつもりですか」

「雪女のところへ」と、わかりきったことを口にする調子で九鬼さんは言った。

「こんなところにいるとすれば雪女でしょう。雪男だかネアンデルタール人の生き残りだかがいるとも思えない」

「それとも慧君のお母上か……」

それが最後で、九鬼さんの姿は見えなくなった。九鬼さんは道案内を果したというので先に帰ったのだろう。

これから会うのはどちらの母上なのか。どちらでもなく、どちらでもある。とすれば、それは雪女にちがいない、と慧君は疲れてきた頭で考えた。たとえば、雪の中に一本の川があり、そのほとりの雪に埋もれた小屋に雪女が座っている……。

そのイメージは当たっていなかった。雪の中に現れたのは慧君の一族が住んでいるお城のような建物で、そこにあのひともいることを慧君は確信したが、しかしそこは自分の家とは様子が違っている。外壁の色も形も違う。第一、この降りつづく雪の中にあって、建物のどこにも雪が積もっていないのは不思議だったが、それでもこれは間違いなく自分の家である。こんなちぐはぐな感じは夢ではよくあることだと慧君は思った。

日頃見たこともない柱廊のようなところを進んでいくと、大きなホールに導かれたが、何やらこの建物全体に神殿を思わせるものがあって、雪はその中でも降りつづいていた。そしてそこで慧君を迎えたのは、とっさの判断によれば、雪女に間違いなかった。というのも、そのひとは純白の衣を着ており、肌の色もそれと同じ純白で、目も口も血の色をのぞかせた裂け目のように見えたからである。血の色の目をした女人の恐ろしさというものは人を十分凍りつかせるに足りる。雪女でなければ、これは死んだ女だ……と思ったのは恐怖が見せた幻にすぎなかったらしい。慧君の前に立っていたのは、白い着物を着た女のひとだった。目の色も今は赤くはなくて、やさしい色をしている。亡くなった母上（慧君はその顔を知らない）なのか、今の母上なのか、その両方なのか、とにかくそれは美しい女人にはちがいなかった。

相手は「お帰りなさい」とも「いらっしゃい」とも言わずに、妙に哀しみのこもった微笑が顔に広がっていた。

「お母さま？」

慧君のその言葉とともに微笑はさらに濃くなった。それが慧君には何とも恐ろしげに思えて、みだりにこの言葉を口にしてはならないのだと察した。

「冷たかったでしょう」と言ってそのひとは慧君の着ているものを脱がせにかかった。

「その手は食いませんよ」と慧君は力んで言った。そう言いながら素直に服を脱がされているのが自分でも滑稽だった。まるで幼児に戻ったかのようである。どちらの母上にだったか、小さい頃の慧君はそうやって服を脱がされて風呂に入れられたものだった。

そして一緒に入ってくれたのは……それはどう考えても亡くなった母上の方で、今の母上は母になってから一度も慧君と一緒に風呂に入ったことがない。慧君がどんなにねだっても、新しい母上は笑ってそれを黙殺した。いつか慧君が手をのばして満月のような乳房にさわった時も、母上は「悪戯《いたずら》はだめ」と言ったが、それを慧君は、悪戯でない愛撫というものがあるのだろうか、と受け取ったことを覚えている。

気がつくと、今はそのひとも慧君とともに一糸もまとわぬ姿になっていた。しかし二人で入浴しているわけではない。湯気のかわりにあたりには雪が舞っている。湯のかわりに融けた雪の中に二人は身を沈めている。それでいて少しも冷たくない。勿論熱くもない。要するに二人は雪の中を空中遊泳のように漂いながら戯れ合っていたのである。生まれたばかりのまだ目も見えない自分が母の乳房を求めているのか、あるいは精子の自分が母上になるひとの卵子を求めて浮遊しているのか。いずれにしても慧君の頭の中には母を呼ぶ声が鳴り響いていて、相手もその声を聞き取ったにちがいない。「まあ、変なひと」と相手が言ったのはそれに対する反応かと思われた。

その時、慧君の頭の中に一瞬、今の母上と父上とのあの光景が閃いた。慧君はある時、父上の書斎のパソコンの中を探索していて、二人のその行為の録画を探し当てた。当然のようにそれをコピーして自分のディスクに入れると、慧君は目をらんらんと輝かせ、目から血でも噴き出すのではないかと思われるほど精魂込めて、女の神と男の神の優雅でみだらな戯れを見つめた。それを見る時の役柄は、母上が女神のアフロディテなら、父上はどこかの男の神、自分はアフロディテの息子のエロス、ということになっていた。慧君の描くイメージによれば、エロスは白い翼をもった少年で、エロスとその母のアフロディテは裸で暮らしている。エロスはその翼でアフロディテをくすぐっては嬌声をあげさせる。しかしそれ以上の悪戯をすることはできない。逆にアフロディテの腕で抱きしめられ、胸のふくらみに押しつけられると、エロスはなすすべもなくなる。そして温かい雪のような肉の中に包まれながら、女神の体の細部を好きなだけ眺める。時には指で探検もする。女神がどこかの男の神と交わる時もエロスはそのそばに侍ってしげしげと眺める。慧君はそんなエロスに自分を置き換えてみた。今の母上がアフロディテなら自分はエロス。しかし自分はその母上の体から生まれた息子ではない。

今はその母上よりも慧君の方が大きくなっていた。そして目の前にいるそのひとよりも慧君の方が大きいのに、相手の白い体は抱いても抱ききれないほど広い。雪原のように無限に広い。包まれて自由を失ってしまいそうになるのは慧君の方だった。

突然、慧君の中で凶暴な意志が立ち上がった。このひとの肉を切り裂くようなことをしなければ何事も始まらないのではないか。何しろ相手は恐ろしい雪女ではないか。そう思った時、相手は純白の皮膚の下に血よりも赤い体液をたたえた鬼女に見えた。鬼女の体内に侵入し、消化されて、その血のような体液と同化する。それは思うだけで頭が痺れるような快感だった。快感とともに目の前に血の色をした世界が広がった。そこで溺れることに今は恐怖も覚えない。慧君は溶岩をたたえた火口のような、石榴の中のような、血の色をしたそのひとの内部に入っていった。

いつかこういうことをするはずだったと慧君は思い知って歓喜したが、相手の歓喜については考えてもみなかった。女神というものは、慧君を悦ばせるか、罰するか、そのどちらかをしてくれるだけで、自らも悦んだりするとは思ってもみなかったのである。「そんなのは子供の考えですよ」とそのひとは言った。そのほかにも睦言のような言葉を数多く聞いたが、慧君はほとんど覚えていない。それでも頭に残る言葉の断片を掻き集めてみると、そのほとんどはきわめて日常的な中身の話で、いつも母上と交わしている会話の続きに似ていたような気がする。たとえば、「慧君はさすがに覚えが早いのね」とか、「明日の夜もここに来ていい?」とか、「お父さまは遅いようだから」とか。慧君としてはここはもっと「きぬぎぬ」の別れにふさわしいことを言わなければ、と焦ったけれども、これはうまくいかなかった。

事が終わると、そのひとは身支度をして立ち上がった。また雪女の怖い顔になっていた。「どこへ行くんですか」とか、「ぼくも連れていって下さい」とか、とびきりばかなことを口走りそうになるのを抑えて、慧君はそのひとの後ろ姿を眺めていた。

雪の上に、あのひとが残していった足跡が続いていた。慧君は血のしたたりに似たその足跡に誘われてあとを追いはじめたが、たちまち足がすくんだ。その足の形をした血の跡は、雪ににじむこともなく、溶けて薄れることもなく、鮮やかな輪郭を示したまま残っている。これはどうしたことだろうと慧君は訝《いぶか》り、次に慄然とした。誰かが傷ついて血をしたたらせ、よろめきながら歩み去った跡とは違う。あのひとは橋懸かりを通って消えていくように、まさしく雪女に扮したシテのように、遠ざかっていった。その動きはきわめて緩やかで、しかも信じがたいほどの速度をもっていた。すると規則正しく残されたこの鮮血の足跡は何だろうか。

慧君はしばらく思案した。あれは禁を犯したことの報いにしたたらせた血なのか。苦渋のしるしなのか。あるいは歓喜のしたたりなのか。いずれにしてもそれが足の裏から果てしなくにじみ出てくるのは一体どういうことなのか。呆然としたまま頭は働かない。答は結局のところ、あのひとが誰だったかによって決まる。亡くなった母上、今の母上、雪女、そのすべてである女人……頭の中ではそれらが追っかけ合う人魂のように回りつづけていた。

慧君は我に返ると、一度九鬼さんのところまで戻らなければ、と念じた。念じたことは大概は実現するようで、一瞬のめまいを通り抜けた慧君はいつものようにカウンターをはさんで九鬼さんと向かい合っていた。ここで「お帰りなさい」や「お疲れさま」は滑稽だと思ったが、九鬼さんはどちらの挨拶もせずに、鮮紅色の飲み物を出してくれた。

キールロワイヤルあたりかと慧君は見た。しかし中に入っているシャンパンはともかく、この鮮やかすぎる深紅の液体は尋常のものではない。それはさっきのことからの続きで言えば、雪の上にしたたったあの血の色と同じ色をしている。

「どうでしたか、雪女は」

「怖かった」と、慧君はお化けに出会った子供の口調で言った。

「でも、もうこりごりだとは言いませんよ」

「恐ろしいことをおっしゃる」

「雪女にはこれで免疫ができたので、これからはあのひととはもっと平気でやっていける。あのひとの正体がわかるまで……」

慧君がそう言う相手は今の母上を措いてないが、九鬼さんはそれに対しては何も言わなかった。

「時に、雪女か何か、あれは九鬼さんがつくりだしたものですか」

「とんでもない、私につくれるのはそれ位ですよ」と九鬼さんは赤いカクテルを指さして言った。

「なるほどね」と言いながら、慧君は今や九鬼さんの秘術の秘密についても多少の見当がつくようになったと思った。たとえばこの赤い液体の正体は、あのひとの体内の鮮血を搾ったものではないだろうか。いつもそんな調子ではないだろうか。

慧君は目の中に残った雪原の、点々と続く赤い足跡を思った。これを頭の中に保存しておくこと。この足跡をたどっていけばまたあのひとに会えると信じられる。

目を上げた時、九鬼さんはグラスを拭きながら、

「どうやら雪もやんだようですね」と言った。

緑陰酔生夢

慧君は珍しく祖父の入江さんとその夫人の桂子さんに同行して九鬼さんのバーに現れた。そこに多保さんも招いてあったのは、一人は古稀を、一人は還暦を過ぎた祖父母に多保さんを引き合わせるのが、慧君としてはいささか得意だったからである。

外は新緑の中に葉桜が残る頃で、街の中を午後の微風がめぐっていた。このクラブのバーを午後の早い時間に使う好みは、もともと入江さんと桂子さんの好みを慧君が受け継いだものだった。

「年寄りは夜出歩くべきものではないからね」というのが入江さんの最近のルールで、桂子さんもそれに和して、

「私たちが夜遅く徘徊していると、まるでお化けでしょう」と言った。

「『聊斎志異』の世界だね、それでは」

「お祖父さまは枯れ木だからともかく」と慧君も口をはさんだ。

「桂子さんは妙に妖艶な花を残しているから」

「だからお化けはもっぱら私ということ」

こういう会話を多保さんは時々長い睫を翳らせるようにして聞いていた。その多保さんのために慧君は説明したが、祖父の入江さんが首相になる準備を始めた頃から知り合った桂子さんを、最初慧君は「桂子お祖母さま」と呼んでいた。子供ながらに男女の仲には異常に敏感だった慧君には、桂子さんが入江さんの特別の女性であることがわかっていたが、桂子さんもそんな慧君をある時笑いを含んだ目で見つめて、「その、お祖母さまは省いて下さらない？」と言ったのである。それからいつの間にか二人は夫婦になっていたので、今はただの「お祖母さま」でもよかったが、慧君の方からは依然として「桂子さん」のままだった。

その桂子さんと肩を並べた多保さんは、老佳人に合わせて普段よりも老けて見せたような様子があった。もともと年齢不詳に見えるところがある。慧君と同じ位の、たとえば十七、八に見えれば、二十七、八にも見えるといった具合で、それを慧君は年よりも老けて見える人なのだろうと解釈していた。しかし本当はもっと年上かもしれない。いつも化粧気がない。そのために年齢不詳に見えるのだろうと慧君は思った。桂子さんは年相応の化粧をしているので、その年よりも若くは見えるが年齢不詳ではない。

慧君は隣にいる多保さんの陶器のような腕に自分の腕が触れるのを感じた。

「清楚、という言葉が昔はあった」

入江さんがそう言うと、

「淡粧素服《たんしょうそふく》、風韻清秀《ふういんせいしゅう》……」と桂子さんがつぶやいた。その声がひそかな風になって多保さんの耳をくすぐったかと思うと、多保さんの頰に赤みがさした。その表情を横から見ている慧君には、能面にしては彫りの深いその顔が、光を受けて笑ったり沈んだりする能面と同じ変化をしていることがわかった。今、目から鼻のあたりに光が溜まっている。

「桂子さんには多保さんの素養がわかるんですか」と慧君が訊いたのは、多保さんが今時、その年齢で漢詩をつくり、いわゆる文墨《ぶんぼく》のたしなみがあるという、信じがたい女性だったからである。長く出版社をやっていた桂子さんには、文才のある人のその文才の種類まで嗅ぎ当てる力が備わっているのだろうか。しかし桂子さんは何やら自分で思い当たることのありそうな笑い方をして、

「どこかでお会いしたのかもしれませんね」と言った。

「私もそんな気がします」と多保さんも応じた。

「それも随分昔……」

「そう、たとえば二百年近く前のあなたに。でも私の方はわりに最近ですけどね」

桂子さんはいつの頃からか、頭の中の「窓」を切り替えれば、昔の人と今の時間で会うことができるのだと冗談のように言っていたことがある。時と洋の東西を問わず、とんでもない人たちを招いて紅葉狩りを催したこともあるという。これもその類の話かと慧君は見当をつけた。

「私にもわかってきた」と入江さんが言った。

「お名前で思い出した」

「でしょう？　そのままですものね」と桂子さんは嬉しそうに笑う。

「多保さんですが、ぼくにはいまだに名前だか苗字だかわからない」

「本当は、苗字の方は江馬と言ったりして」と桂子さんが肩をすくめたところで、慧君にもようやく話が飲み込めた。慧君の頭の「窓」にも江戸時代の文人の名が浮かび、たとえば頼山陽《らいさんよう》とか菅茶山《かんちゃざん》とか梁川星巌《やながわせいがん》とか……そこまでくると江馬細香《えまさいこう》の名前も出てきた。

「本名が多保さんということか。知らなかった」

「それにしても慧はどこからこの人を釣り上げてきた？」

「二百年前の美濃の国から、ということにしておきます。何なら京都でもいい」

慧君はこの時衝動的に宣言したくなった。ぼくは頼《らい》久太郎になる。あの男はついに多保さんと結婚しなかったが、ぼくは結婚する……。

「時に、九鬼さん、今日はどこかへ案内してくれるつもりだろう」と入江さんが言った。

これは催促らしいと慧君は見た。

「ではその前に」と言って九鬼さんは特製のカクテルをつくりに奥へ引っ込んだ。出てきたのは雪が雪の白さのまま水になったようなカクテルで、九鬼さんのしぐさから、これは多保さんにちなんだものだろうと慧君は思った。

「ホワイト・レディー？」

「まあそのようなもので」と九鬼さんはいつものように意味深長な顔になる。そして二杯目は目の前で慎重に調合した金色の飲み物だったが、これは先にブランデーを、次によくわからないリキュールを静かに注いだもので、それがベネディクトンだとすると、B&Bになる。しかし後から入れたのは例によって特別の秘薬かもしれない。それに、二つの飲み物の効果が複合してどんな魔力を発揮することになるか、計り知れないものがある。

「少なくとも食欲増進には卓効がありそうだ」と入江さんが言ったのを受けて、それではどこかへ御馳走を食べに行こうということになった。九鬼さんが四人を茶室のような部屋に案内して、

「しばらくここでお待ち下さい。私も支度をしてきますので」と言う。

「旅支度かね」と入江さんがからかった。


いつとはわからないままに慧君はみずみずしい樹木に覆われた丘陵のようなところを歩いていた。横には多保さんがいて、後ろからは入江さんと桂子さんが談笑しながら歩いてくる。木立の間から街の家並みを見下ろしながらしばらく歩くと、土塀に囲まれた別荘のようなところに着いた。見たこともないほどの菩提樹の大木が土塀の中から立ち上がって枝を広げて聳《そび》えている。その大きさは想像外のもので、八方に伸びる枝は空を覆い、というよりもこの大樹そのものが天蓋をなしていると思えるほどだった。そして

その樹の幹そのものが複雑な構造の建物になっているかのような具合である。

濃い緑の影を映したその大樹の中へ、木戸をくぐったのか、扉を開けたのか、とにかく自然に異界の中に入っていく。すると中は昔の日本の家屋だった。京都の東山界隈にありそうな料亭か割烹旅館のようでもある。何と変わった趣向で、大樹の中にこんな建物を仕込んであるのか、などと野暮なことを言いそうになったが、そこへ上品な茶人のような扮装の九鬼さんとともに、着物に着替えた多保さんが現れて挨拶した。するとあなたはここの若女将か、とこれまた野暮なことを口にしそうになったが、慧君は黙って、樹間の向こうに聳えるお椀を伏せたような山を借景にした庭を眺めていた。

それから酒肴が運ばれてきて、最初は京風の懐石かと思ったが、そんな簡単なものではなかった。慧君も、また入江さんもそうだったが、およそ山海の珍味や世界の文明国の大概の料理でまだ味わったことのないものはないほどだったけれども、それらの料理が果てしなく現れて、あるところから先は、見たことも食べたこともないものが列をなして運ばれ、それは無限数列のように続くかと思われた。どうやら、九鬼さんの飲み物の効き目らしく、それがいくらでも食べられる。このまま行くと、この家位のものが口から腹に収まってしまうかもしれないと慧君は思ったが、三人とも、いや今は多保さんも交えて、普通なら牛飲馬食といわれることを、ゆっくりと経過する時間に身を任せて淡々と実行している。そのうちに、料理とともに、やってくる時間も口に入れて消化しているのではないかと思われた。

「何とも力のある料理人がいるもんだ」と入江さんは感嘆の声を上げた。

「この人の献立は一体どうなっているのか」

「私も詳しくは見たことはありませんけど」と多保さんが言った。

「長い巻紙のようなものに墨で書いてあって、それが限りなくたぐり出されるようになっているようです」

多保さんは時々、あるいはほとんどずっとだったかもしれないが、慧君のそばに来て座り、料理の合間にはその手を慧君に預けて肩を寄せていた。

「お祖父さまたちは先に帰ったの」と慧君は訊いたが、多保さんは、あちらでお休みです、と答えた。その白い指を束ねたりほどいたりしているうちに、むしろそれを楽器のように奏でると、触れあっている多保さんの体の中にさざなみが起こり、それが音になって確かな音楽を伝えてくることに気づいた。この音楽はいつまでも聴いていられる。

しかしこんな途方もない宴が終わった後はどうなるのかと慧君は不吉なことを考えたが、多保さんは化粧気のない顔を慧君に向けて、普通の生活をすればいいと言った。

「私は玉手箱をお土産に持たせて帰すようなことはしないから」

「ではいつまでも竜宮城で暮らせばいいわけだ」

「慧君がそれでよければ」と言って、多保さんは切れ長の目から光をこぼす笑い方をした。それで慧君も覚悟を決めたのである。

そのまま宴は続き、ただ、運ばれてくる料理の間隔が少しずつ長くなっていくように思われた。そして気がつくと、それは毎日の三度の食事のようになって、次の料理までの間に日常の生活でしていることをするようになっていた。たとえば庭から外に出て樹間を散策して、ついでに街まで下りて、観光客らしい若い男女に混じって書画骨董の店を覗いたり、あちこちの寺の庭を眺めたり、時には甘味処で菓子の類を口にすることもあった。ただ一つ困るのは、こうして「下界」で食べるものは、胃の中に一定時間残って、よからぬ物質を体内に入れたような不快感をもたらすのである。家に帰って多保さんのつくったものを食べると、そんなことはない。

それが多保さんの言う普通の生活だとわかった。今は多保さんが三度の料理をつくっている。慧君がそれを食べ、入江さんと桂子さんも食べている。そうして四人で暮らしている。ということは、これが妻を得て所帯をもつということなのか、と慧君はやがて気がついた。なるほど、ぼくたちは結婚していて、あれがぼくの妻なのだ。なぜか慧君は得意になって、その得意になっている自分がおかしかった。これで自分も一人前の男だという気分である。慧君は着物を着て、手を後ろで組み、ひとかどの文士か文人になったつもりで庭を散策した。襷《たすき》をかけて庭を掃《は》いている多保さんの姿を見ると、やはりぼくたちは結婚生活をしているのだと実感した。

ある日（と言ってもそれが何日目だか何年目だか、そんなことはわからない）気がつくと、この丘の中腹の家は丘ごと動いていた。

「ここは島だったんだね」と庭に出てきた入江さんが感心したように言った。

「しかも動く島だ」

確かに、まわりの景色が少しずつ変わっていくのがわかった。いつのまにか丘の下に河ができたと思っていたのは、そこに海が入り込み、あるいは島が陸から離れて海に出ていこうとしているためらしかった。ということは、このまま行けばやがてこの島は大海に出て、漂流しはじめることになる。

これについてみんなで話をした時に、行方も定まらぬ漂流では困るのではないかと慧君が言うと、多保さんはいつになく強い目をして、「大丈夫です、それは私がちゃんとしますから」と言い切った。何をどうやってちゃんとするのか、慧君はそれを訊くべきだと思ったけれども、良き妻とはそういうものではないか、と根拠のない思いに納得させられて、何事も多保さんに任せることにした。入江さんと桂子さんは、家も島も大きな船のように動いていくのだから、居ながらにしてアドリア海にでも、スコットランドの北端の島にでも（そこの強烈なモルトが飲みたいと入江さんは言っていた）、行けるはずだった。

どんな力業を発揮しているのかよくわからなかったが、頼もしい多保さんは主婦らしく慧君たちの希望には何でも応えた。こうして島は世界中の海を自在に航海して（ただ、この大きすぎる船の移動速度は極端に遅かったので、どこへ行くのにも気の遠くなるような時間がかかった）、慧君は行く先々で一人で島を下りては港町やその先まで見物に出かけた。多保さんは家を、あるいは島を守る仕事があるというので、いつも一人で残った。その一人でいる間に、恐らく詩文でもつくっているのだろうと慧君は察していたが、多保さんはそれを言っても恥ずかしそうに首を振って、いつかまとめてお見せしますと言うだけだった。

ある日（これもいつのある日なのか、慧君にはわからなかった）多保さんが呼びに来たのでついていくと、入江さんと桂子さんが花盛りの海棠《かいどう》の下で並んで横になっていた。それがすでにミイラになっていたのである。こんなになるまで時が経ったのだとすると、自分は今何歳なのだろうかと慧君は怪しんだ。

「いつからこうなっていたの」

「昨日までは普通に呼吸をしてらっしゃったのに」と多保さんは二人が呼吸を停止するとともにミイラになってしまったのを怪しんだ。

「どこかに葬ってあげようか」

「このままがいいんじゃないかしら。お二人とも海棠がお好きで、この花の下で死にたいとおっしゃっていたから」

「西行みたいだね。まあそれなら花の下で風に吹かれるままにしておくのが何よりだ」

そう言いながら慧君は多保さんを見て、その化粧気のない陶器のような顔が、一層血の気を失っているのに気づいた。そしてミイラとなった祖父たちの完璧な成仏をむしろ慶んでいた慧君の胸の中に慄然とするものが走った。多保さんは明らかに老けて、その容色にも衰えが見えはじめていたのだった。「清楚」は「清痩」に変わっていた。

「君はいくつになった？」

「それをお訊きになっても仕方がないでしょう」と多保さんは薄い血の色のある唇で笑った。

「私たちもいずれこうしてミイラになるんでしょうけど、それまでは……」

慧君はそのまま腰を下ろして、海棠の枝の下に広がるどこかの都市の風景に目を放っていた。ここは確か黄海《かいし》あたりだったから、見えているのは中国のどこかの都市だろうか。それともあれは海市、つまり蜃気楼なのか。昔、蘇東坡《そとうば》もあれを見たのかもしれない。

「ぼくは一向に年をとらないのに、どうして多保は確実に年をとるんだ」

慧君は口にしてはいけないことを口にする思いで言った。

「それは慧君が妖怪だからでしょう」

「妖怪は君の方だと思っていた」

「妖怪でも、人の奥さんをやっていると、年はとるものです」

慧君はそこで言葉に詰まった。苦労をかけたね、というような月並みな言葉が出ることを恐れたのである。しかし月並みなことを言いたい衝動にも駆られた。この百年だか二百年だかの間、多保さんは数え切れないほどの料理をつくり、慧君の前に出してくれた。慧君よりも遅く寝て、早く起きていた。それにこの島を（どうやってかわからないが）動かす苦労。そういう多保さんを慧君はただ少しずつ消尽してきたのである。それが結婚生活というものだったかと慧君は悟った。

「いいのよ、私は」と多保さんは軽く言った。

「あなたは私よりずっと早くミイラになる。それからあと、私は一人で気が遠くなるほど長く生きる。生きたままミイラになって」

「そして詩をつくる」

それには多保さんは笑って答えなかった。慧君はこの時ひそかに、多保さんをそろそろ解放してやらなければ、と思った。それが身勝手な理屈にしても、と一大決心を固めたつもりになったところで、唐突に慧君は眠りから覚めた。


茶室のような部屋はもう暗くなりかかっていた。いつものことながら九鬼さんにしてやられたと思いながら起きあがると、慧君は変な形の枕で寝ていたのに気づいた。中が空洞の、太鼓の両側の革を取り去ったような枕である。何か仕掛けがあるかと思って覗いてみたが、中はただのがらんどうだった。

「お目覚めですか」と九鬼さんが顔を出した。

「重宝な枕だな」と慧君は言った。

「よろしかったら、またこれでお休みになりたい時はどうぞ」

「だんだん正体がわかってきた。九鬼さんは呂翁でもあるんだ。方士なんですね」

「そんな大それた者ではありませんよ。ただのバーテンダーです」

「ところで多保さんは?」

「先にお帰りになりました。坊ちゃんがよくお休みのようだったので、お起こしするのは悪いとおっしゃって、そこに伝言を書き残して……」と言いながら、九鬼さんは自分の掌を指した。慧君も自分の掌を開いてみると、端麗な隷書《れいしょ》で「好在」と書いてある。

「これは何?」

「よくわかりませんが、サラバということではありませんか。好在、東郊ノ売酒亭……と本当は続くのです。あいにく雨になって傘をお貸ししたこともあって、これは売酒亭、つまり私どもへの御挨拶でしょう」

そうは言っても、この「サラバ」なり「さようなら」なりは、慧君にとって致命的な意味をもっているように思われた。もう多保さんとは再び会うことがないものと慧君は覚悟を決めた。あの枕を貸して下さい、あれで眠るとまた会えるのなら……と慧君は言おうとしたが、さすがにそれは口にしなかった。

外はこの頃によく降る細雨になっていた。多保さんと相合傘で雨の中を帰る風情はどんなものだろうかと慧君は思ったが、もう夢も終わっているからには、二人で帰るところもないはずだった。

冥界往還記

真夏の炎昼に突然闇が現れることがある。目の前が暗くなるという、あれとも違って、昔の地下鉄で電車が駅に入る直前に一瞬車内の灯りが消えていた、あれに似ている。世界中が停電したかのように、突然太陽が消えて闇になるのである。しかし次の瞬間には太陽は何食わぬ顔をして輝いている。慧君はこんな一瞬の闇の出現が病気の前兆であることを知っていた。夏に熱を出す前には決まってこんな風に闇を見る。

街路が炎熱で融けて白い陽炎となってゆらめいている中を歩いていくと、道路を這い進む車の列が黒い獣や金属の鱗《うろこ》で覆われた爬虫類《はちゅうるい》の群のように見える。

ゆきなやむ牛のあゆみに立つちりの風さへあつき夏の小車

そんな歌が頭に浮かんで、自分が病める牛のような気がした。体内が異常に熱い。脳も筋肉も内臓も発熱する物質に変わってしまったのではないか、いや、もっと悪いことに、自分がその病める牛の熱い体内に閉じこめられたのではないかと感じる。慧君は朦朧としたまま、壁の厚いクラブの建物に逃げこんで、ようやく涼しい空気を呼吸することができた。それでも、建物の中は外の明るさにくらべていかにも暗い。

「いつもより光が不足しているような気がする」と言うと、九鬼さんは、

「瞳孔が元に戻っていないからでしょう」と受け流してから、

「それに、少し熱っぽいお顔ですね」と付け加えた。

「暑気あたりみたいです。体温も元に戻らない。これからもっと熱が出るかもしれない。さっき街を歩いている時、太陽が停電したような具合で、一瞬闇になった。これがぼくの場合、病気の前触れらしい」

「何か元気の出るものをおつくりしますが、残念ながら病気を抑えたり治したりする薬酒は私にはつくれません」と九鬼さんは言った。

「神通力をなくしたようなことをおっしゃいますね」

「私がいつも調合しているのはいかがわしい魔酒でして」

それから九鬼さんの目配せで、慧君は約束をしていた人が来ているのを知らされた。振り向くと、その人は窓を背にして黒々とした人形のように座っていた。一瞬、慧君はよからぬことを考えた。この人は死んでいる……とはいわないまでも、生死不詳、性別不詳、年齢不詳、容貌不詳の人物がそこに座っているのは少なからず不気味だった。今朝、この人のことは、ディスクと頭の中と、両方を検索してみたけれども、何も出てこなかった。覚えのない人である。しかし「舞」という名前が従姉の舞さんと同じだったので、なぜか会うに値する人のように思われたのである。

慧君が向かい合って座ると、相手は普通の女性に戻った。黒い闇の肉でできた人の姿

から、その闇の色が抜けて、白い、といっても妙に実質のない半透明な白さの顔や首や手が宙に浮かんでいる。この人は、死んでいるのでなくても死に近い状態にある、と慧君は判断を修正した。

その時、慧君が不意に思い出したのは、いつともわからない、霞のかかった遠い昔に出会った「病める少女」のことだった。するとその少女が確か「舞」とか「麻衣」といった名前だったことも思い出した。

大昔なら労咳、最近なら白血病、喘息、先天性の心臓疾患といった病気に冒されて、はかなげに生きて死んでいく少女、という観念を慧君は偏愛していたが、その通りの少女を近所の家の窓の中に見つけ、次に公園の池畔で出会った時、慧君は恋をしたような気分になって話しかけ、何度か会いに行ったことがある。死の翳が濃くなるほどに脱色して半透明になっていく少女の細い手を束ねて弄んだり、首筋に触れたりすることが慧君のひそかな愉しみだった。

しかしやがて少女が入院し、血の気のない肌の奥に、増殖していく死の黒さが透けて見えるようになると、慧君は怖くなって逃げ出した。そしてそのまま少女には近づかなかった。あの死に占領されつつある少女にすがりつかれたら、自分も死に感染するにちがいないと思ったのである。

これはその時の少女ではないか。しかし相手は大人の女性である。あれから奇跡的に死を免れて成長したのか、それとも死んだのちにも成長を続けていたのか。

「お久しぶり」と舞さんは言った。

慧君は答えようがなかったので、とっておきの微笑で応えた。

「随分昔のことね、この前お目にかかったのは。慧君が生まれる前の話だったから」

このあたりから話の雲行きが怪しくなった。すると舞さんとのことは、ぼくが生まれる前の出来事だったのか、と慧君は本気で考えはじめた。しかしすべては昔見た夢にすぎないのかもしれない。見た夢を、実際にあったことのように思いこんでいるだけかもしれない。それとも今こうしているのが夢の中のことだろうか。

九鬼さんが飲み物を運んできた。真っ黒に近い液体の表面に黄金色の泡の層が輝いている。黒ビールを使った「シャンディ・ガフ」あたりかと思ったが、飲んでみると「融けた闇」とでもいうほかない、冷たくもあり灼けつくようでもある濃厚な液体が喉を通っていった。この中に火の鳥の卵の黄身と蜂蜜でも入れたらぼくの病気に効きそうだ、とわけのわからないことを慧君は思案した。

舞さんに供されたのは赤褐色のカクテルで、九鬼さんの口の動きから「デビルズ」という名前が読みとれた。

「随分強力なものを飲むんですね」

「そうでもないわ。よろしかったら一口召し上がってみて」

思わずグラスを受け取って一口飲んだ時に、慧君は取り返しのつかない不吉なことをしたのを感じた。この人の口をつけたものを口に入れることで死者の体液を自分の体内に取り入れたような気がしたのである。とはいうものの、現にここにいる舞さんをそうやって死者扱いするのはいささか失礼ではないか、と慧君は辻褄の合わないことも考えてみた。

突然舞さんが立ち上がった。最初見た時の黒々とした姿になっている。

「そろそろ参りましょうか」そう言って舞さんは慧君を促した。すべては了解済みで予定の行動だという調子である。勿論、慧君は何も了解していないし、何も約束していない。また頭が発熱してきたようで、夢の中にいるような心地だった。

九鬼さんがさりげなく顔を寄せて慧君だけに聞こえるように言った。

「その女性《にょしょう》についていってはいけませんよ」

九鬼さんが唐突に「にょしょう」という言い方をしたので慧君は思わず笑った。

「あれは黄泉《よみ》の国から来た女性……ぼくを連れに来た女性だというんですか」

「そのようですな」

それも面白いではないか、と慧君はよく働かなくなった頭で考えた。黄泉の国でも冥界でも、行かなければならない時が来れば行く以外にない。そして行けば多分こちらの世界には帰ってこられないだろう。それならあちらの世界で生きていけばよい。ただし、それが生きているといえるとすればの話であるが……。

「これからどこへ行くんですか」と慧君はなかば期待をこめて訊いた。

舞さんの答えが「闇の国」だったか「黄泉の国」だったか、慧君の耳にはさだかではなかった。

どちらでもよかった。どちらにしても、真昼のはずの街はにわかに暗くなって、まるで世界中の電圧が下がったかのようだった。そのまま光は消えた。街は闇に覆われ、建物は闇の中に黒い肉塊と変じて聳え立っている。慧君は舞さんに手を取られて奈落の入口らしいところに導かれた。滑り下りる時に、動物の口中にでも入る感触があって、そのあとは、同じ闇でも一段と濃密な闇の中に入っていく。

「かつてぼくは」と言いかけて慧君は言い直した。

「あなたが言うように、ぼくが生まれる前のことかもしれない。死にかけている女の子を見捨てて逃げた。その女の子があなたではないかと思っている」

「だからこうしてお迎えにきたんです」

「あなたと一緒にあちらへ行って、ぼくは何をすることになりますか」

「お好きなことを、何なりと」

舞さんは歌うような調子で言った。その声とともに体に無数の腕が巻きついてくるのを感じた。まわりの闇がうごめいて体を包もうとしているようでもある。慧君も腕を動かして舞さんと思われる肉のようなものを抱いた。こうなると得意の分野である。要するに舞さんが望んでいたこと、お好きなこととはこれなのか、と慧君は幾分安心した。安心するとともに異常に発熱している体も脳も、元に戻って、この世界でも普通にやっていけそうな気がしてきた。普通に、といっても、この場合は舞さんと一緒に暮らすということである。

交歓のあと、慧君は相手の存在を感じながら寝そべっていた。前後左右、何も見えず、いたるところに肉質の闇が充満しているのだから、快適に寝そべっているという感覚はない。この独特の窮屈さはどうにかならないものだろうか。冥界とは、それが地下ドームのようなものだとすると、この世ほどではないにしても、もう少し広々としたものではないか。

それについて舞さんの説明はこうだった。

「冥界といっても、中国の『志怪』にあるように、大勢の死者が暮らす社会になっているわけではないんです。みんな勝手にそう誤解しているだけで、本当は、死者は一人ずつ専用の穴に入っているという風に考えるのが正しい」

慧君はなるほどと納得した。死後の世界はあくまでも個人主義的なものだ。それはそれで筋が通っている。

「それでは、なぜぼくは舞さん専用の冥界に同居しているんです?」

「それは私が望んだからです」

見事な答えだ、と慧君は感心してまた舞さんの方に手を伸ばした。

「あの時、なぜ慧君が逃げ出したか、私にはわかっている」と舞さんは言った。慧君は罪悪感のようなもので全身が熱くなるのを感じた。

「正直なところ、ぼくは死んでいく人が怖かった」

「そんな生易しいことではなくて」と闇の中で舞さんが笑っている気配がした。「私はまだ死なないうちから腐りはじめていたんです。死の臭い、死の微粒子が煙みたいに流れ出して、慧君の体にしみこんでいくのがわかった。慧君はただ怖くなっただけではなかったんです。中から腐っていく死体のおぞましさに、恐怖の叫びをあげて逃げたんです。その叫び声がちゃんと聞こえました」

何と大袈裟な、と慧君は思いかけたが、舞さんはその気持を読み取ったのか、どこかのスイッチを入れるようなことをしたらしい。慧君は途端に恐るべき死臭を嗅いだのである。まわりに充満している闇が、あの肉のような手応えをもった闇が、死者の肉や内臓であることを示す強烈な腐臭を放った。思わず慧君は叫び声をあげて気を失いそうになった。

「ほら、ごらんなさい。これですよ、これ。思い出したでしょう」

その舞さんの声は怨みがましい調子でもなく、単純に慧君をからかって面白がっているようだった。

「冥界では鼻が利いてはいけないわけだ」

「そういうこと。本当は、慧君ももうすっかり慣れて感じなくなっているってわけ」

慧君はまもなく眠りの中に沈んでいった。冥界にいても睡眠はとるのだろう。眠るとまもなくいつもの夢を見た。比較的重い病気の時にかならずといってよいほど見る夢である。こういうところも生きていた時と変わらない。冥界でも病気になるし、夢も見る。

それは病気の時にいつも真夜中に現れるあの太陽だった。慧君が譫言《うわごと》のようにそれを言うと、舞さんの声が聞こえた。

「真夜中の太陽、ですか」

「たしか、そんな歌もあった」

「知りません」

「この太陽が、ぼくにとっては宇宙全体といっていいほど大きい。それが胸の上にのしかかってくる。ぼくは必死で押し戻そうとする。その攻防は、ぶよぶよした熱い果物のような太陽を一本の針で支えて抵抗している感じ……」

「苦しいの？」

「死んだ人間に苦しいも楽しいもないでしょう」

「それがあるの。もう少しここにいればわかる」

慧君は真夜中の太陽との空《むな》しい攻防のあと、おびただしい苦汁を絞り出したように大汗をかいて目をさました。ひどい空腹を覚えたので、手を伸ばしたらまわりの闇に触った。それが肉質のもののような感触なので、肉を手でむしりとって食べるようにして口に入れてみた。すると肉の味がする。どの動物の肉にも似ていないが、何かの肉の味にちがいない。たとえば舞さんの肉であっても不思議はない。

慧君は適当なところで食べるのをやめた。食べ過ぎて舞さんがなくなったりしては困ると思ったからである。冥界でも同棲生活には気を遣わなければならないことがある。

しかし考えてみれば、このまわりの闇、ないしは肉のようなものの広がり全体が舞さんなのかもしれない。すると、ぼくは冥界という名の、舞さんの胎内に入っているのだともいえる。そう考えると、多少もっともらしい。さらに考えれば、ぼくが舞さんの胎内にいるとすると、これこそ例のぼくが生まれる以前の状態ではないか。

こんな妄想を繰り広げているうちに、舞さんはどこかへ行ってしまったのか、その気配がなくなっていた。まわりは完全な闇である。ところがその闇にもよく見れば、いや、何も見えないのに、明らかに等級がある。闇の深さが階調をなして、いくらでも黒い闇が現れる。ちょうど、無限大といっても、整数の数が限りなく多いのと、実数の数が限りなく多いのとでは、その無限大のレベルに違いがあるように。

慧君は闇の中を進んでいった。冥界の果てだか中心部だかわからないが、とにかく進める方へと進んでいったのである。歩くのでも這うのでもなく、どちらかといえばぬかるみを泳いでいくのに近い。慧君が進んでいく闇の宇宙の中心部は、漏斗《ろうと》状に闇が深まり、その奥には無限に濃い闇が輝いている。文字通り漆黒の太陽となって輝いているのである。

「また逃げようとしているのね」とかすかな声が聞こえてきた。そんなわけではないけれども、じっとしているわけにもいかないではないか。慧君は頭の中で反論してみた。

すると舞さんの反撃の意志が働いているのか、あの漆黒の太陽のようなものが次第に慧君に迫ってきた。あるいは慧君の方がそれに向かって吸い寄せられていたのかもしれない。ひょっとするとそれが舞さんの本体なのだろうか、と慧君は思ったが、その時、慧君はそのものに押しつけられていた。真夜中の太陽に抱擁されたという感じである。

慧君は体の中心の針を尖らせて、のしかかってくる太陽を迎え撃った。あのぶよぶよした、気が狂いそうになるほど大きな太陽を一本の針で突き刺しながら支えているのは、太陽に注射をしているようでもある。いずれにしても、慧君はこの針を通して体液が吸い尽くされていくのを覚えた。長い、無限に続くかと思われる射精！　病気の時の悪夢では、いつもこれと同じ経験をする。

そのあとに酸鼻をきわめることが起こった。さっき鼻を襲った腐乱死体の臭気が突然復活した。慧君の針で注射を受けたものが融けはじめ、まわりにひしめいていた肉質の闇も腐ったタンパク質の臭気とともに融けはじめていた。慧君は必死になってもがいた。この死臭、腐臭から逃れることがすべてだった。

やがてまわりが薄明るくなり、慧君は、水中から水死体が浮かび上がるようにして自分が浮かび上がるのを感じた。闇の物質でできた冥界からこの世に帰ってきたのである。

予想した通りで、慧君は病院の一室らしいところで寝ていた。薄目を開けてまわりの様子を窺ってみると、数人の人影が見える。急に動いたり口をきいたりすると、慧君の生還に歓喜して大騒ぎが起こるにちがいない。それは迷惑な話だと思って慧君はしばらく意識のない状態にあるふりを続けた。一つだけ気になることがあって、それはあの恐怖としか言いようのない死者の臭いを自分が引き連れて戻ってきたのではないかということだった。

しかしその臭いは嘘のように消えている。冥界からの脱出は成功したらしい。ということは、今回もまた、慧君は舞さんを見捨てて逃げ帰ったということになる。誕生以前のことかどうかわからないが、あの時と同じだ、いや何度でも同じことだ、と慧君は思い知った。それと同時に頭に浮かんだことがある。結局、今回もあの時と同じで、舞さんがぼくを逃がしてくれたのではないか。腐臭を放つ死体と同棲、同衾していることを思い知らせて、ぼくが逃げ帰るようにしたのは舞さんの方ではないか。それを思うと、慧君は舞さんが恋しくなった。また連れにきてくれれば、一緒に行きたい。そんなメッセージを冥界まで送ろうとしたが、昏睡のふりをして閉じたままの目から涙がにじみそうになる。

そのまま何時間かが過ぎて、病室に人の出入りがあり、今は一人が残っているだけだった。そろそろ起き上がる時だと決心して慧君は目を開けた。

窓のところに立っていたのは従姉の舞さんだった。

「やっとお目覚めのようね」と、舞さんらしい冷静な声がした。

さっきまでそばにいた冥界の幽鬼の舞さんとはまるで別物の溌剌《はつらつ》とした顔をしている。その顔を慧君の顔の上に傾けて、大きな目で見下ろされると、巨大な猫に見つめられたような居心地の悪さを感じた。しかしこの舞さんも、死者になったらあの舞さんと同じではないだろうか。体の中は真っ黒に腐って、黒い肉塊の隙間のような個人専用の冥界で暮らしている舞さんなら、どの舞さんでも変わりはないではないか、と慧君は思う。

「慧君もとうとう臨死体験とやらをしたわけね」と舞さんは言った。

「そんなものじゃない」と慧君は力のない声で言った。

「あちらに行って帰ってきたという体験だ。これは簡単には説明できない……」

「病中　暑甚だしく　旧事を憶《おも》ふ、か」

舞さんは菅茶山か誰かの詩の題を口にした。しかし慧君の憶った旧事とは自分が生まれる前のことのようだった。さすがの舞さんもそんなこととは気がつくまい。

慧君は溜息を洩らして目を閉じた。やはり九鬼さんに来てもらってあの黒い飲み物をつくってもらおう。そして今度こそ、その中に珍しい鳥の卵の黄身を入れて飲もう。あの真夜中の太陽を凝縮したような黄身を入れて。

落陽原に登る

「こんな時刻に現れるとお邪魔ですか」と慧君は声をかけた。

九鬼さんは笑って首を振ると、目で自分の後ろの窓の方を指した。

「夕陽を眺めにいらっしゃったのでしょう」

その通りだった。少し前に、このバーが建物の最上階に移ったので、西に向かって眺望が開け、冬のこの時刻には、磨き抜いた赤銅の盆のような、あるいは血の色をした果物の断面のような夕陽が正面に見えるはずだと見当をつけたのである。今、九鬼さんの後ろにあるのはどちらかといえば金色のぶよぶよして見える塊で、それが気のせいか、内部の炎でゆらめいているようにも見えた。

「この時刻はお嫌いですか」

「私には好きも嫌いもありません。ただ、昔の詩人が言っていましたね。『晩《くれ》に向《なん》んとして意《こころ》適《かな》わず、車を駆りて古原に登る』と」

「ぼくがここまで登ってきたのも、まあそういうことです」

「で、『夕陽《せきよう》無限に好《よ》し、只だ是れ黄昏《こうこん》に近し』ですかね」

「たしかに、陽が落ちて完全な闇になるまでの間は妙に落ち着けませんね。ぼくの場合、夕陽を見ていると、何だか自分の存在そのものが淋しくなって、胸の中の空洞に冷たい液体がにじんでくるような感じがある。それで空気が黄色から青みを帯びて光を失っていく黄昏時というのが耐えがたくて、どうしていいかわからなくなる」

「若い人には日盛りと真夜中の闇があるだけでいい、ということかもしれませんね」

「ところで九鬼さんは……」

「私は記憶もさだかでない昔から黄昏の中で生きていますからね」

「永遠の黄昏、ですか」

「何千年続いたかわからない。その前には、昼も夜もあったというかすかな記憶はあります。その頃は女もいた。妻、ということですが。しかし天はその妻をほろぼした。子供もほろぼした。『両眼いまだ枯れずといえども、片心まさに死せんと欲す』と嘆いたこともありました。気がつくと、鏡に映る姿は憔悴した鬼。それからも忘れるほど長く生きています。それで黄昏が続いている」

　鬼というのは幽霊のことかと、慧君は尋ねようとしてやめた。わかっていることを訊くのは悪意によると思われる恐れがある。しかしいずれにしても、九鬼さんが普通の人間でないことはすでに承知していた。では何者かといわれると、それが鬼なのか、仙人なのか、妖怪なのか、わからない。今日はその正体を明らかにしてもらおうと、慧君はひそかに策をめぐらした。

九鬼さんはそんな慧君を軽くからかうように訊いた。

「時に、今日はお連れの方はまだお見えにならないようですが」

「お連れの方がいないからこんな中途半端な時間に来たんです」

「それではちょっとお待ちを願って、適当なお相手を工面しましょう」

九鬼さんは戸棚から玩具箱のようなものを取り出すと、白黒、赤青、紫に黄色と、生々しい臓器の色をした部品を選んで、慣れた手つきで何やら組み立てはじめた。骨と血管に似たものまで揃っていて、それは見る見る人体そっくりの形をなした。どうやら精巧な人形らしい。全裸の姿からすると、それは女の人形だった。九鬼さんは両腕を取り外して、手早く服を着せた。人形は生きた少女になって肘も指もしなやかに動いた。その変化があまりにも自然だったので、慧君はこれが初対面のどこかのお嬢さんであることをまったく疑わなかった。顔にも表情が現れて、慧君に向かってほほえんだところはどこか中国系の美少女に見えるが、血の通った人間と違うところは少しもない。

「この人は誰ですか」と慧君は九鬼さんに訊いたが、少女の方が答えた。

「娘の麻姑《まこ》です」

「九鬼さんのお嬢さんですか」

「それはまあ、この人の作品ですから」

慧君は麻姑という名前が気になって、少女の手を取ると、猫の足の爪を露出させる要領で指先に力を入れた。すると濃い紫色に光る鉤状の爪が現れた。これで背中を掻いてもらうとえもいわれぬ心地になるのだろうと慧君は合点した。例の「麻姑の手」というやつである。

「すばらしい爪だ」と言われて少女ははにかんだように手を引っこめた。

「ではそろそろ参りましょうか」

九鬼さんはいつもの調子で促した。この時刻にふさわしいところへ遊びに行こうというのだったが、夕陽を背にして立ち上がった痩身のシルエットは、その昔、周の穆王《ぼくおう》を遊びに連れだしたという化人《かじん》、つまり幻術使いを思わせた。行き先は落陽原《らくようげん》だという。

「落陽原？　楽遊原《らくゆうげん》と違いますか」

「楽遊原でもいいんですが、こちらは騒々しい遊園地なんかなくて、ただ夕陽と黄昏があるところです」

三人は外に出ると、用意されていた車に乗りこんだ。車は地面に接触しているのか宙に浮かんでいるのかわからない軽さで動いた。車が疾走するというよりも、画面をスクロールするようなもので、地球の表面が信じがたい速さで後方に走っていくのである。これが車を駆って古原に登るということか、と慧君は感心したが、気がついてみると、車を駆る御者も運転手もいないのである。

やがて車はゆるやかな角度をつけて登りはじめ、天空の一角にあるのではないかと思われる河原を横切り、一面の芒がお辞儀をして招いている中を抜けて、無人の高原に着いた。

あたりは枯れ草の平原で、黒々とした木々が木炭画の線のように疎らに立っている。ついさっきまで燃えさかっていた焼け跡の様子を思わせるものがある。空は一面の夕焼けで、猛火は空に燃え移って鱗状に並ぶ雲を焼いている。

麻姑さんはこの空を見て、「金魚大鱗」と言った。空一面が真っ赤な金魚の横腹を思わせるのは、しばし観賞するに足りる。

九鬼さんは、夕焼けの空を仰いで、「羅刹《らせつ》の兵を天に並べたようだ」とつぶやいた。化人らしい凄みのある発想だと慧君は感心した。

平原が湾曲して空と接している向こうに、群立する楼閣のようなものが見えた。あれは街だろうか、いや、蜃気楼かもしれない、と慧君は思案したが、九鬼さんはそれを察したかのように、

「あれは幻の街ですが、とにかく街に行って飲食遊楽ということにしましょう」

家並みも城壁も楼閣も、どこか実体のない書き割りのように見える。広い街路には車馬の往来もあって、商店の軒のあたりを行き交う人も多い。路地に入ると雑踏の密度はにわかに高まったが、その割には歩いている人々は実体が薄く、影絵でも見るような印象がある。

「ここにいるのはみな幽霊ですか」

「ええ、あれはみな鬼です。われわれがぶつかっても感じないし、向こうも感じないのは、あれが鬼だからです。しかしまるで人気のない街では気分が出ない。たとえ鬼でも、

こうして沢山湧いて出て賑わっている方がいい。見ているだけでも面白いじゃありませんか」

たしかに、この鬼たちの談笑したり罵り合ったりする姿には活気があったが、声は聞こえない。ちょうど音声を消したテレビを見るのに似て、邪魔にならず、しかし妙に空々しい感じではあった。

街に入ると、空一面の金魚大鱗の燃える鱗を取って点じたように、楼閣の灯火が明るく、粋を凝らした料亭からは、管弦の音のかわりに酒肴の匂いが漏れている。九鬼さんはその一軒を選び、金と紅で輝く楼閣の最上階に上がった。

「鬼の料理人や給仕の女を呼んでもいいが、少々煩わしいことになる」

慧君も九鬼さんのその意見に従って、麻姑さんと二人で調理場に行って酒と料理を見つくろって運んできた。鬼たちは、不意に目の前からものが飛び去ってしまうのに驚いて騒いでいる様子だったが、所詮あちらは幽霊で影のようなもの、こちらはこの世の人間なので、強みはこちらにあるに決まっている。

九鬼さんはいつもの調子でカクテルをつくろうとしていたが、今日は珍しく目の前で「秘酒」を調合して見せた。それとも今日のは何の仕掛けもない普通のカクテルなのか。砕いた氷の上からテキーラか何か、透明なスピリッツを注ぎ、さらにレモン・ジュースやソーダ水らしいものを加えてかき混ぜると、流氷の押し寄せてきた北の海のようなものができた。

「ここに夕陽を沈める……」といいながら九鬼さんは深紅の液体を垂らした。するとそれは降りしきる雪の中で沈んでいく太陽の形をとった。

「テキーラ・サンセットみたいだ。今日のはわかりやすいですね」と慧君が言うと、九鬼さんは笑って、

「まあ見た目には、ですがね」と応じた。

「いつかお訊きしようと思っていたんですが」と慧君は陶然としてきた勢いに任せていった。

「九鬼さんの経歴のことは祖父に訊いてもわからない。どこかで出会ってそのままあのバーの仕事を任せることになった人だというだけです」

「その通りで、昔入江さんに拾っていただいたのです。昔といっても坊ちゃんの未生《みしょう》以前のことではありません。それまでは数奇な人生を送ってきたというわけでもなくて、どちらかといえば、気が遠くなるほど長くて退屈な時間を生き延びてきただけですから、ここに来てからのほんの一瞬の時間についてはなおさら申し上げることもない……」

「いつからか時間が止まってしまったというわけですか」

「鏡の中で鬼になった自分を見た時から、ですかね。こいつは死んでいると思った。ところが死んではいなかった。勿論、生きているとはいえない。時間も止まったようで止まってはいなかった。ゆるやかに流れて数千年。あるいは数万年。気がつくと、やはり薄い埃をかぶったように年はとっている」

「お話からすると、まるでガリヴァーに出てくる不死人間みたいですね」

「ああ、例のストラルドブラグのことですか」と九鬼さんは笑った。

「しかしあれほど老醜をさらしているとは見えないでしょう」

「これは失礼しました」と慧君はあわてて言った。

「ストラルドブラグではなくて、仙人だろうと思ったんです」

「昔、私の知人に白石先生というのがいました。仙人志望でしたが、昇天の術は修行しようとせず、不死の法を身につけてすでに何千歳かに達していた。いつも白い石を煮て食べていたので白石先生といわれたのです。ある時私が、なぜ昇天しないのかと尋ねると、『何しろ天上にはえらい神様が大勢いるらしい。そんな神様に仕えるのはいかにも気が重い。下界の方がはるかに楽しい』というのが答えだった。私もそれに賛成です。ただし、私はまずい石を食べる気はないから、自分で酒をつくっては飲んでいる。今の職業にふさわしい人間だと思いませんか」

「うまくごまかされたようだ」と慧君は笑った。

いつのまにか麻姑さんは慧君の隣に座り、盃を弄びながら流し目を送ってきた。慧君にもその意味はわかったが、しかしこの人は元は人形ではないか。あの体は木と皮と糸、それに漆《うるし》や膠《にかわ》でできている。それで果たして用をなすのか、と慧君が考えた途端に麻姑さんはそれを読みとったらしかった。

「でもこれでちゃんとした女の体をしていますよ」と麻姑さんは誘いかけるような目を

して言った。

隣の部屋から九鬼さんのものらしい鼾《いびき》が聞こえた。珍しく酔いを発して寝てしまったのだろうと慧君は思うことにした。あるいはそのふりをしているのかもしれないが、いずれにしてもお相手に麻姑をつくってくれたということは、ここでその誘いに応じて歓を尽くすのが本当だろう、と慧君は考えたのである。

「それでは試してみよう」と言って麻姑さんを引き寄せたが、その時例の紫に輝く爪が現れているのに気づいて慧君は「お手柔らかに」とささやいた。それから麻姑さんに手を取られて別室に移ったが、そこは男女の歓楽を目的とした部屋らしく、寝台が並び、すでに幾組かの男女がそこで戯れていた。いずれも鬼、つまりは幽霊であるから、彼らにはこちらの姿は見えない。邪魔になるとは思えないが、彼らの珍しい交合のさまを動く蜃気楼のように見るのは慧君の好奇心を刺激した。

「あれが気になるなら目を閉じればいいわ」

「いや、なかなか面白いね。しばらく観戦してもいい」

麻姑さんは何やら口の中でつぶやいた。しようがない人ね、というようなことらしいが、ひょっとするとどこかの国の言葉だったかもしれない。麻姑さんは体を寄せて慧君に腕を回した。あの爪の不思議な働きのせいか、それだけで慧君は自由を失った。

爪で背中や脇腹を掻かれると、肉が縦横に切り裂かれていく感覚とともに、えもいわれぬ快感に襲われた。これはほんの序の口、というように、麻姑さんは体を開いて慧君を迎え入れると、人形とは思えない精密な動きで慧君の意のままに応えた。それが逆に人形独自の特技なのか、骨も内臓も、さらには細胞まで、ばらばらに解体しては集結するという動きで慧君を翻弄するのである。

歓を尽くしたあと、麻姑さんは腹這いになって脚をLの字にしてリズムをとるように交互に動かしている。その足首をとらえ、小さな半月のように白い土踏まずを撫でてみると、相手は格別くすぐったがる様子もなく、軽い嬌声を発した。それから思いがけない調子で思いも寄らないことをいった。

「あのじいさんに油断してはだめよ。あれは仙人になりそこねた幻術使いだから」

「何かとんでもないことをするの」

「あなたをばらばらにして、この私みたいに組み立て式の人形にしてしまうつもりよ」

「それは面白いじゃないか」

「もっと面白いこともできるわよ」と麻姑は真面目な顔で言った。

「あなたが手伝ってくれるなら、私があの人をばらばらにしてしまうこともできる」

「どうやって？」

「この刃物で足の方から薄い輪切りにしていくの。つまり一ミリほどにスライスしていくわけ。それからこの敷物の上に張りつける。それを巻いて運んでいって、沈んでいく太陽に投げこんで燃やしてしまう」

「随分手がかかるね。人体のスライスを何千枚もつくることになる」

「だからあなたには頭の方からスライスしていただきたいの」

「うまくいくのかな」と慧君は首をかしげていった。

「九鬼さんを片づけようとしても、幻術にかけてはあちらが上ではないかな」

「それはやってみないと何ともいえない」

その言い方には明らかに自信の欠けた調子があった。麻姑さんと九鬼さんとでは、所詮は人形と人形使いの関係ではないか。

その時、九鬼さんが戻ってきた。

「ついうたた寝をしてしまって」といいながら、九鬼さんはしなやかな山猫のような長身で伸びをした。「眠っている間にお二人のことを夢に見ました」

「万事お見通しだったんですね」と慧君は観念して言ったが、九鬼さんはそれに答えてか、別の話なのか、いつもと変わらない調子で言った。

「どうも思わぬ長居をしたようです。それではそろそろ片づけをして、これでおしまいにしましょう」

九鬼さんは飄々とした調子でそう言うと、無造作に麻姑の手首を握って引き寄せ、その首に手をかけてひねった。すると嘘のように首が抜けて赤い空洞が見えた。そこに手を差し入れてどこかをいじると胸と腹が観音開きに開き、色とりどりの臓器が玩具箱をぶちまけたようにこぼれ出ようとする。九鬼さんはそれを胴にうまく収め、それから手足を引き抜いて揃えると、全体を箱型の鞄に入れた。麻姑さんはその鞄に収まって完全にいなくなった。麻姑さんはやはり九鬼さんの敵ではなかったのである。

慧君はひどく悲しくなったのを隠すように、

「地鳴りのようなものが聞こえますね」と言った。

「陽が沈みはじめたのです。私もこのあたりでおしまいにしましょう」

九鬼さんは背中に手を回すといきなり恐ろしげな青竜刀のようなものを取り出した。そして無造作にその刀を首の後ろにあてがって、両手で刀を引いて自分の首を斬り落とす構えをした。中国式の自刎《じふん》というやつである。慧君はやめさせようとしたが、案の定、もはや体が動かなかった。

たちまち首は胴を離れ、赤いものを噴射しながら宙に舞い上がり、そのまま向きを定めて西の方、一抱えもある夕陽が沈んでいく天空へと飛び去った。これが昇天ということだろうか。九鬼さんはいなくなった。あとに残ったのは汚い革袋のようにしぼんだ胴体で、それはすでに肉を抜き取った皮だけがミイラに変じて数千年を経たような代物だった。それに鞄。これは九鬼さんの忘れ物だろうか。

昔、化人に案内されて西方に赴いた周の穆王は、千里馬を飛ばし、崑崙山《こんろんさん》に遊び、さらに西方に一万里も走り、太陽の沈む光景を視察したという。それからこの人物がどうなったかは知られていない。慧君は九鬼さんの遺体、というよりも抜け殻のようなものを肩にかけて引きずり、片手に麻姑さんの入った鞄を提げて歩きながら、自分も世界の西の果てに立って落日を見るつもりだった。この遺体は、その地の果ての断崖から無の底に投げ捨てることで葬ればよい。鞄は何としても持ち帰りたい。自分で組み立てられるとは思えないが、動かないただの人形の麻姑さんなら再現できるかもしれない。

慧君は落陽原が終わるところに着いた。断崖の縁に腰を下ろした時、はずみで鞄の蓋が開いてしまった。あっと思った時はもう遅く、麻姑さんの部品はそれぞれに意志をもった鳥のように飛び立ち、目の下にある夕陽に向かって飛んでいった。辛うじて取り押さえたのは麻姑さんの左手だった。お土産はこの「麻姑の手」だけか、と思いながら慧君は長い爪のついた腕を握った。

見下ろすと、太陽はまだ奈落への途中にあって、次第に光を失いながら、緩慢な沈下を続けている。その時間に耐えていると、最後の崩落に向かう太陽の唸り声が、荘厳な音楽のように響きわたるような気がする。このままどこへ行くのかわからない。今度は、いつものように、気がつくと元の場所に帰っているということになる保証はないものと覚悟を決めた。あたりは暗くなり、慧君は自分にも、あの沈む太陽とともに、光のない奈落への長い沈下が始まっているのを知った。

海市遊宴

「九鬼さんがいなくなってつまらなくなった」慧君はそう言って従姉の舞さんの隣に腰を下ろした。舞さんはベルギーの修道院から来たビールを飲んでいる。

祖父の入江氏が主宰しているこのクラブのバーには、今は九鬼さんに代わって普通のバーテンダーが立っている。

「普通の」というのは、九鬼さんとは違って、「執事にして道士、一見老人にして不老の人といった怪しさなど皆無の」ということである。そのバーテンダーは今奥に引っこんだところで、今度出てくる時はそれが九鬼さんに変じているのではないかと慧君はひそかに期待した。勿論、そんなことはありえない。

これまでに慧君は九鬼さんの力で何度か不可思議な経験をした。たとえば異境に移される。あるいは慧君の内に異境が生じ、異境に遊んだ夢を見る。そのいずれであるかはわからないが、いずれにしても九鬼さんがつくる不思議なカクテルがしばしば事の始まるきっかけとなっていたのは間違いない。

慧君は、この九鬼さんに関係して経験したことを舞さんにも細大漏らさず話したし、落陽原での九鬼さんの壮絶な最期についても詳しく伝えた。

「自刎」ということについても身振りを交えて説明した。

こういう時、舞さんは大袈裟な反応を示さない。強いていえば、照射された情報の微粒子が、舞さんの身体をつくっている分子の隙間に音もなく浸透し、吸収されていく。これを慧君はひそかに「分子レベルの理解」と名づけていた。これほど完璧な理解はない。その後で、時に思いがけない反応があったりする。とにかく小さい時から舞さんは変わった女の子だった。

「でも、本当は九鬼さんは死んではいないと言いたいんでしょう」

「そう、死んではいない。もともとあの人は死ぬということがない。事情があってぼくの手の届かないどこかへ行ってしまったのだろう。そう思っていたけど、このところまたこちらの世界に帰ってきたらしい。それもすぐ近くにいる気配がある。すぐ近くというのは、もしかするとぼくの中にいるかもしれない、ということだ」

「パラサイトになって？」

「ある意味ではね」と言いながら、慧君は顔を近づけて舞さんの目の中を覗きこむようにした。なぜかそこに、自分の身中にいる九鬼さんの姿が映って小さな焰のように揺めいているのではないかという気がしたのである。舞さんは何も映っていない、澄んだ水の色の目で見返した。

九鬼さんの声が聞こえるようになったのは最近のことである。幻聴だろうか。そう思

ったとたんに、

「幻聴ではありません」と九鬼さんの声が明瞭に聞こえた。

「今どこにいらっしゃるんですか」

「坊ちゃんの細胞の中に居候しています」

「ミトコンドリアみたいに？」

「正確には核の中ですがね。つまり私のＤＮＡが坊ちゃんの全細胞のＤＮＡの中に紛れこんで遍在しているといった具合でして」

「そんなことをされると、ぼくは、ぼくだか九鬼さんだかわからなくなる」

「大丈夫です。悪戯はしません。私はずっと半睡状態にありますが、これがあのニルヴァーナというものに当たるかもしれない」

そんな話をしてから、九鬼さんはまた半睡状態に入ったらしい。慧君には体の中に異物が存在する感覚はないし、意識のどこかに異人格が潜んでいる気配も感じない。ただ、九鬼さんに話しかける意思が生じると、相手もたちまちこれに応じる。九鬼さんは今や自分の一部になりきっているようで、何の違和感もない。それどころか、こうなったからには、慧君が欲することで九鬼さんにできることなら何でもできそうな気がしてきた。たとえば欲するままに異境に移転すること、あるいは異境を脳の中に移転させることも……ただしこの話は舞さんにはまだしていない。

この前に会った時、舞さんの方からいささか気になる話を聞かされたこともあって、自分の方のどうでもいい話は差し控えたのである。

舞さんはしばらく前からある男性とお付き合いしているという。その結婚するかもしれない相手のことを舞さんは最初、「佐伯さん」と呼んだが、その後はずっとSと呼んでいる。その口吻に慧君はかすかな軽蔑の響きを感じる。もっとも、第三者の誰かを「さん」づけで呼びたくない時にはSだのMだのと呼ぶのは舞さんのいつもの流儀ではある。

「で、Sと結婚する前に、慧君と一緒に行っておきたいところがあるの」

「御注文に応じてどこへでも」

そんなわけで慧君は舞さんとここで落ち合ったのだった。どこへ行くつもりなのか、その時は聞かなかったので、慧君は手ぶらで来ている。舞さんも旅行の用意をしている様子はない。

何をしに、と訊くのは憚られるので、何が見たいの、と慧君は尋ねた。

「そう、見ておきたいものといえば蜃気楼……」

それはまるで、この世で見るべきものはすべて見たので、というふうにも聞こえた。

「そろそろ夏の終わりだけど、まだ見られるだろう」と慧君は言った。

「大体、あれは春から夏に現れるものらしいが、蘇軾が登州で海市を見たのは冬のことだった。海神の御好意のおかげらしい」

「こちらは九鬼さんの神通力で」と舞さんは口の端で笑ったが、これは上機嫌の証拠である。

出かける前に慧君は二人で飲むカクテルをつくるつもりだった。

「九鬼さんのレシピに従ってぼくがつくってみよう」

「例の魔酒をつくろうというわけね」

お手並み拝見、というふうに舞さんは真面目な目をして口を結んだ。慧君は奥にいるバーテンダーに声をかけて、しばらくの間ここを借りるからと断った。その瞬間に、慧君の中で九鬼さんが立ち上がる気配があった。

慧君はキルシュヴァッサーにピーチブランデーとオレンジジュースを加え、最後にシャンパンを注いで「ロイヤル・ウェディング」のようなものをつくるつもりでいた。なめらかに手が動いてできあがったものがそれであるかどうかはよくわからない。つくっているのは九鬼さんかもしれないとすれば、慧君のもはや関知するところではない。

慧君は鮮やかな黄色の液体をグラスに満たして舞さんの前においた。

「これが魔酒ですか」

「自信はないけどね」

「いや、大丈夫です」と誰かが言った。九鬼さんに間違いない。

「聞こえた?」

「聞こえた」と舞さんもうなずいて、嬉しそうに口をつけた。「どう?」と慧君が感想を求めると、「おいしい」と答えた。白陶の顔にかすかに紅の色が浮かぶ。

「何というの？」

「ロイヤル・ウェディングのつもり。お祝いのしるしに」

気のせいか、舞さんの顔に薄い喜色が走ったようだった。

「これで蜃気楼が見られるわけね」

舞さんは目を凝らして黄色い液体を見つめた。

しかしここからどうすればいいのか。慧君がそう思う間もなく、九鬼さんの意思がそれに応えるのがわかり、要するに慧君としては何も心配することはないのだと納得できた。九鬼さんの力が働く限り、事はいつもなるようにしてなるのである。

「それには没入法と移転法とがある」

慧君は自分でも訳のわからないことを言ったが、前の方法なら目の前にあるものの中に入っていくとそこが異境である。後の方法なら、こちらから動いて測りがたいほどの距離を飛び、異境に入る。ここは没入法がよかろうと自分では思った。

「それだと、つまりこれを見つめて、この中に入っていけばいいのね」

「そういうこと」

グラスの中の黄色い液体は夕陽を浮かべた黄色い海になっていた。サントロペかどこかでこの色の海を見たことがあると慧君は思ったが、それは誰かの絵だったかもしれない。海は絵の具を溶かしたような濃厚な黄色の液体で、いくつか白い帆を浮かべてうねっている。その液体に塩辛さはない。

「変な海ね」と舞さんが言う。確かに、と慧君も思う。この自然のものとも思えない光に満たされた海と空は生まれる前にいた世界のようでもあり、泳いでいるのは羊水の海ではないか、と慧君は思ったが、そんな型通りのことを舞さんに伝えるのはやめておいた。

「どこまで泳いでいくの?」と舞さんが平泳ぎで進みながら言う。子供の時から泳ぎは慧君に負けずに達者である。

「あのぶよぶよした太陽が沈むあたりまで」

「間に合うかしら」

「間に合ったらあのぶよぶよした皮を破って中に突入する」

「それって、受精の瞬間みたいじゃない?」

「うまく行ったら大変な快挙だ」

「それより、あそこに面白いものが見えてきたわよ」

慧君も舞さんにならって向きを変え、波のない海面に仰向きに浮かんだ。海と空の境に霧のように動くものがある。霧というよりも何かが吐き出す「気」というべきかもしれない。たとえば水平線一杯に広がる口をもった蛤の化け物なら、そんな気を吐いても不思議はないだろう。

蘇軾は「群仙　出没す　空明の中　浮世を蕩揺して　万象を生ず」と言ったが、現れた蜃気楼は、最初水とも雲ともつかぬ揺れる気の中に浮游していた。それはさかんに立ち上る陽炎に似ている。それはまた、大きな都市の建物のように重なって聳える無数の楼閣からなるが、どこにある楼閣にも似ていない。木でできているようでもなく、石や鉄でできているようでもない。やがて霧は晴れてその楼閣群の全貌が現れた。朦朧としたところはなく、克明に描かれた絵のように鮮明である。その複雑さは言語を絶する。

「目標を変えてあそこへ行きましょう。あの中で一休みしたい」

そう言うと、舞さんは蜃気楼を目指して泳ぎはじめた。海に沈む太陽に乗りこむというのもばかばかしい話だろうが、蜃気楼の楼閣に上がりこむというのも荒唐無稽である。慧君は本気にしないまま舞さんを追ったが、近づくにつれてそれは荒唐でも無稽でもないことがわかった。いつか水は消えて、二人は自然に立った姿勢になっていた。といっても足の下に地面があるわけでもない。全体が三次元の画像のようで、今その画像の中を移動しているらしい。気がつくと、さっきまで泳いでいた時のままの裸だったが、気がつこうとするまでは気がつかない、といったところは夢の中での意識の働き方に似ている。

まもなく慧君と舞さんは蜃気楼の前に立った。蜃気楼といえば遠くから幻を見ることで成り立つものである。ところがここには文字通り海上に無人の都市があり、よくわからない素材でできた建物が林立している。

「入ってみよう」と慧君は言ったが、確かにこの楼閣には内部と呼べるようなものがある。目立つのは螺旋状の構築物が縦横いたるところに延びていることで、これは柱でも梁でもなく壁でもない不思議な代物である。しかも不動ではなく、波打つように動いている。大体、この建物のその他の構成要素もみな、宙に浮かんで動いているように見える。球体のもの、不定形のもの、紐状のもの、管状のもの、複雑な凹凸をもった奇怪なオブジェのようなもの、そして宙を流れる色とりどりの泡……といった具合で、構築物全体がゆるやかに流動しているのである。

ここにどういう種類の秩序があるのか、慧君には見当もつかない。こうしてすべての要素は生き物のように動いているが、かりにこれを遠く離れた海岸から眺めれば、全体は不動の海市として海上に浮かんでいるはずである。

「ひょっとすると、これはぼくたちの体の細胞を中から見ているのかもしれない」と慧君は言った。舞さんも同じ意見だった。

「私もそう思う。あの螺旋はDNAでしょう?」

「ぼくたちは何かを分子レベルで見ていることになる。たとえば人間の細胞の中を……」

「そうだとすると、私が見たかったのもこれだったということになる」

そう言いながら舞さんは階段のようなところを上り、慧君の方に向き直った。その時に慧君はまた気がついたが、舞さんの裸には髪の毛や眉を除いて黒いものが見当たらない。肉の代わりに白い陶器でできているかのように血の気の薄い肢体である。慧君はそれに触りたい、ことに丸い踝や象牙細工のように精妙な足の指を握って温めたいと思ったが、それはしてはならないことのように思われた。

「あそこにベッドのようなものがある」と舞さんが指さす方を見ると、楕円形をした大きな蓮の葉とも見えるものが二つ並んでいる。ベッドに見えなくもない。九鬼さんが用意してくれたのだろうかと思ったが、慧君の中の九鬼さんは迷惑そうに首を振った。ではこれも何かの分子なのだろうかと慧君は思うことにした。

舞さんはその一つに上がって気持よさそうに寝そべると、眠りに就く前の猫のようなしぐさをした。慧君もそれにならって隣のベッドに寝た。

「長いことこうしたかったの」と舞さんは言ったが、その声にはいつになくしみじみとした感慨がこもっていた。

「二人床を並べて夜の雨を聴く」と慧君が思いついたことを言った。

「そうそう、蘇軾ね。彼は弟の蘇轍《そてつ》とそうしたかったというけど、私は慧君とこうしてベッドを並べて過ごしたかった」

そしてその理由を舞さんは説明したが、慧君を理解するのにこの蘇軾のいう「夜雨対床」に優る形はないのだと舞さんは断言する。

「私が興味をもつのは慧君だけ。理解したいのは慧君だけ。理解することで慧君は私のものになる」

「それはわかっている」

「有り難う」

「君はぼくを理解するのに、普通のレベルではない理解、いってみれば分子レベルでの理解を求めている。実はぼくもそうだ」

「何だか凄い告白ね」

「君だって今同じ告白をした」

「君って言われるとくすぐったいわ。私のことはマイでいいんじゃない？」

舞さんは上を向いたままそう言った。

ここで慧君はとっておきのことがしたくなって、九鬼さんを呼んだ。九鬼さんの意思が働きはじめる手応えがあって、あたりは夜の暗さになった。やがて雨の音まで聞こえてきた。その雨は楼閣の外に降っていて、寝ている二人の体を濡らすことはない。

しかし雨の音はやがて本物の水滴のように無数の糸を引いて落ちかかり、慧君の体と舞さんの体に吸いこまれていくようだった。その雨音の粒が体の分子の間を抜けてどこかへ吸い取られていくのがわかる。舞さんもきっと同じだろうと慧君は信じた。こうしていると慧君も舞さんの存在を分子レベルで感じることができる。

「このベッドが舟になって夜の雨の中を漂っていくようだ」

「私は慧君と結婚でもして、互いに年をとって、毎晩こうしてベッドを並べているような感じ」

慧君は軽い驚きの声をあげた。

「まさか、ぼくと結婚したいわけじゃないよね」

「慧君とは結婚できないと思っている。慧君も同じでしょう?」

「でもそれは君が姉と妹の中間の存在に思えるからではない」

「分子レベルで理解できるような人とはもうそれ以外のことをする必要もない。だから結婚することもない。でも慧君を失いたくない。時には床を並べて夜の雨を聴く。それができたので嬉しい」

しかしそこで舞さんの声が変わった。泣いているとも笑っているともとれる声になった。

「でもこれがいつまでも続くわけではないのが哀しい……我、今はじめて哀しみを知る」

「陸游か誰かの詩?」と慧君は間の抜けたことを訊いたが、舞さんは笑って答えなかった。

慧君は随分長い間雨の音を聴いたような気がする。静かな夜の雨が朝の雨になり、明るい庭に降り注ぐ歓喜のシャワーのような音を立てたかと思うと、少し荒れ気味の海を叩く音に変わった。その間、舞さんは猫の姿勢をとって眠ったり、長く手足を伸ばして雨の音を浴びたりしていた。

もうそろそろ雨もやんでいい頃だ、と慧君が思ったのに合わせるように雨の音は聞こえなくなっていた。あたりは異様なほど静かだった。このことを終わりにする時が来たのだろうと感じて慧君は九鬼さんに念を押してみたが、反応がない。九鬼さんは半睡ではなくて本当に眠ってしまったのかもしれない。それとも慧君のＤＮＡを見捨ててどこかへ出ていったのだろうか。慧君は少々不安を感じて舞さんを起こそうとした。

「帰りましょうか」という声とともに舞さんはベッドから下りたところだった。薄い眠気の膜が残ったような目のまわりを見て、慧君は舞さんと深い交情があったかのような錯覚に襲われた。

「よく眠ったのに、まだ眠い」と舞さんは言う。それが長く付き合っている恋人とホテルで一夜を過ごした後のような調子なので慧君はかえって新鮮な驚きを覚えた。蜃気楼の建物の中に入りこんでいるという常ならぬ状況を舞さんは何とも思っていないらしい。舞さんにとってはすべてが日常生活の続きにすぎないのだろうか。

階段を下りて建物の外に出ると、ホテルを後にする時の足取りで舞さんは歩きはじめ、慧君はまたあの黄色い海を泳いで渡るのかと心配しながら並んで歩いた。しかし今度はその必要はなくて、気がついた時には二人で海岸を散歩しているような具合だった。

振り返ると、海は色を変えて普通の海に戻っていた。どうやらここは異境ではないらしい。その証拠に慧君も舞さんも、バーにいた時の服を着て歩いている。流木に腰を下ろして水平線の方を眺めると、そこには蜃気楼の残骸が残っていた。大きな海亀の骸《むくろ》が骨だけになって転がっているようだと慧君は思う。それは観光客向けのありふれた蜃気楼で、転がっている骸が崩れるようにして蜃気楼も崩れて消えた。

あれからどれだけの時間が経ったのかわからない。夕陽で黄色く染まっていた海が光を失うとともに、夕潮の色が暗い紺になる。今、夕陽は沈んだばかりで、そのわずかに残った赤い余照の方へ一羽の鷗《かもめ》が飛んでいく。海と空は熱気を失い、磨きたてた青銅の色に変わった。

海市に遊んだ舞さんとの夏は終わったのである。

慧君には（九鬼さんには、といった方がよいかもしれない）、舞さんを連れてクラブのバーに戻るにはどうすればよいかわかっている。そこで魔酒ではない普通のカクテルを一杯飲んでお別れにしたい。何にしようかと思案しているうちに、慧君は舞さんの背中を押すようにして、クラブの青銅色の厚い扉の前に立っていた。

髑髏小町

　秋風が吹きはじめた頃、慧君は高原の家にいた。夏の間にネットワークを通じて知り合った女性の一人が気にかかって、毎日のようにその所在を探したが、返事は来なかった。草を吹く風が窓に入り、ネットワークを走り回って空しく画面から吹き出してくるような気がする。その女性はMachikoと名乗っていた。

　ある午後、空白の画面が突然輝いて、待っていた女神の降臨があった。

「ごめんなさい、お返事が遅れて」と相手が話しかけてきたので慧君も応じたのち、今日はお顔を見せて下さい、といきなり頼むと、相手はたちまち画像を送ってきた。それが何と画面いっぱいの髑髏《どくろ》である。

「珍しいものをもっていますね」とからかうと、相手は、

「これが私」と澄ました声で言った。

「綺麗な髑髏だ」

「しゃれこうべの方がよくない？　だって、私、長い間野ざらしになっていたんだから」

「どんな死に方をしたんですか」

「百歳以上も生きて、老衰死。というより芒《すすき》の原で行き倒れ」

「でも本当は死んではいないわけだ」

「形が変わるだけのようですよ。今はしゃれこうべだけど、これって簡素にまとまっていて軽快で、一番好きな形です」

どうせCGでつくったものだろう、と慧君は高を括《くく》っていたが、「違いますよ」と相手は言う。それとともに髑髏の口元が動いている。これには慧君も感心した。たしかに、画像だとすればなかなかよくできていて、髑髏は骨の継ぎ目のところがわずかに弛《ゆる》んだり縮まったりするらしく、全体が微妙に動いて表情がある。

何よりも驚いたことに、この髑髏の口中には新鮮な桃色の舌があった。それは画面で見る限り若い女の本物の舌に間違いなかった。舌はおしゃべりに合わせて可憐な動きをするので見ていて飽きない。

「お気に召したようだから、いっそ私をお送りしましょうか」とMachikoさんは言った。

それは嬉しいが、ネットワークで送れるのは情報だけで、物質は送れない。慧君は意味のない冗談として聞き流すことにした。あるいはプラスティックでできた頭骨の模型でも送ってくるつもりだろうか。請求書を添えて。つまりは新手の商売かもしれない。

慧君は軽い失望を覚えた。

それから数日後に宅配便で荷物が届いた。一立方メートルはありそうな段ボールの箱を開けてみると、古風な桐の箱が入っている。その箱の中には結構な白磁の壺でも収まっていそうな気配がある。慧君は胸を躍らせた。出てきたのは白磁ほど白くはないが乳白の骨の色をしたもの――いや、骨そのものだった。この間まで画面で見ていたあの髑髏に間違いない。してみると、あれはCGの画像ではなかったのである。
桐箱の蓋の裏にはケースに入った「使用説明書」のようなものが添付されていた。

私はデリケートな生き物です。くれぐれも以下の注意事項を守って御愛用下さい。
☆長年雨と風にさらされて脆くなっていますので、取り扱いには十分御注意下さい。
☆できればあなたの机の上に安置して下さい。
☆水盤のようなものに水を張って置くのが理想的です。乾燥に弱いので、水分が切れると元気がなくなります。
☆埃がつかないように、時々柔らかい布で表面を拭いて下さい。はたきをかけたり、洗剤をつけたり、ごしごしこすったりしないで下さい。
☆優しく撫でて下さるのは歓迎します。無機質の骨ですが、愛撫には応えます。
☆口中には舌が生えていて、普通にしゃべることができます。ただし、くだらないことを話しかけられた場合は物を言わないことがあります。
☆みだりに食べ物を与えないで下さい。口に入れられたものは何でも食べますが、辛いもの、臭いもの、その他不快なものを口中に入れられた時は祟《たた》りをします。

☆私を蹴飛ばしたりしないで下さい。こんな形状をしていて手足がありませんので、転げはじめると止まらなくなってしまう恐れがあります。もっとも、自分で動きたい時には転がって移動します。あなたの足元にじゃれつくようにして転がりながら散歩のお供をすることもできるわけです。もしお望みなら。

慧君もそれは遠慮することにした。子犬のかわりに髑髏を引いて散歩するのはいくら何でも憚られる。

☆私を酒杯がわりにしてお酒を召し上がるのは御遠慮下さい。あとで全身が酒臭くなって閉口します。
☆私を鉢がわりの容器として使うこともできますが、なるべくお控え下さい。天地がひっくり返ったままでいると気分が悪くなりますから。
☆私におしっこをひっかけたりすると、恐ろしい報いがあります。
☆水盤に私をオブジェ風に置いて、花を活けるのに利用することもできます。ただし、その場合は草花を眼窩《がんか》に差しこむことは御遠慮下さい。たとえば眼窩を通して芒が生えるような活け方をすると、「あなめあなめ」と痛がります。

慧君はようやくこの髑髏の素性を知った。

「もしかすると、あなたはマチコさんではなくてコマチさんではありませんか」

「コマチでも結構です」と髑髏は笑いを含んだ声で言った。

「古風でいい名前。チマコやチコマではおかしいけど」

「ぼくの頭の中を検索してみると、こんな歌があった。秋風の吹くにつけてもあなめあなめ小野とは言はじ薄生《お》ひけり。たしか『通小町』に出てきた」

「その歌は私の作ではありませんけどね」

そう言うと髑髏は空洞の目で慧君を見つめた。慧君は両手を髑髏の側面にあてがって持ち上げ、あることがしやすいように少し仰向かせた。髑髏もそれを察したと見えて、慧君が口を近づけるとその口を開けて舌をのぞかせた。風にそよぐように震える舌の先を慧君の唇がとらえた。相手に唇というものがないので、変則的なくちづけである。舌は甘い汁を含んだ肉片で、そのまま嚙み切って食べてしまいたいという衝動に襲われた。

「よかったら召し上がってもいいわ」コマチさんは少し舌足らずに聞こえる言い方をした。

「どうせまたすぐに生えてくるんだから」

さすがに慧君もその好意につけこむ気はなかった。

「とにかく祝杯を上げることにしましょう」

慧君は九鬼さんを呼んだ。

近頃九鬼さんは家のどこかに棲みついているらしく（勿論、慧君以外の家人は誰も気がついていないが）、呼べばバーテンダーとも執事ともつかぬ黒い服を着た老人の姿で出現するのである。慧君としても、自分のＤＮＡの中に紛れこんでいられるよりこの方がいい。

「こちらは執事の九鬼さんです」と紹介すると、コマチさんはちょっと舌を出してにっこりしたように見えた。これが挨拶のかわりらしい。

九鬼さんも普通の人間にするのと同じ調子で挨拶すると、以前のようにバーテンダーらしい身のこなしで別室から飲み物を運んできた。

薄紫の方をコマチさんの前に、薄黄色い方を慧君の前においた。コマチさんには手がない。

「どうやって飲むの？」

「ストローで」

ストローをくわえさせてやると、コマチさんは小気味よい速さで飲んだ。慧君も自分のグラスに口をつけて、ジンを使ったカクテルだとわかったが、この薄い秋の日射しの色をした方がギムレットなら、コマチさんの薄紫のカクテルはブルー・ムーンあたりだろうか。九鬼さんのつくったカクテルだから、尋常の性質のものではないことはわかっている。ここからあとは異界に入るか幻覚にとらえられるか、とにかく尋常でないことが起こるのは避けがたい、と慧君は覚悟した。

しかし格別変わったことは起こらなかった。ただ、コマチさんの骨がかすかに桜色に染まってきたように見える。

「これ気に入ったわ。おかわりがほしい」と髑髏は言った。少しろれつが回らないような言い方だった。

そんな時、髑髏の二つの眼窩がうつろなのが残念だった。そこに明眸《めいぼう》、つまりよく輝く眼球を入れたらどうだろうか。それにあの可愛い頬骨を覆うように薄く肉をつけて……そうやって表面を肉が覆い、眼窩に眼球がはまれば、髑髏は首になる。生首、いや、斬られた首ではなくて、本物の生きた首になる。慧君は背筋に電流のように悦びが走るのを覚えた。

翌日その話を持ちかけると、コマチさんは困ったような顔をした。肉をつけて生首になるなんて、そんな都合のいいことはどうも、と言う。

「実は骸骨になる前のコマチさんの姿を想像してみた。たとえば、昔、大勢の男を悶死させたり憤死させたりした絶世の美女……」

「美女ですか。そうだったかもしれないけど、とにかく順番に見ていただかなくては」

コマチさんは在りし日の美女の姿を現して舞でも見せてくれるつもりだろうか。そうではなかった。むしろここからが悪夢の始まりだったというべきかもしれない。それとも愉楽の始まりだったというべきか。いずれにしても慧君は否応なしにコマチさんの骨になる前の姿を見ることになる。

突然、「まずは残りの骨を拾い集めてきます」と言い残してコマチさんは外出した。

まるで買い物にでも出かけるような気軽さである。といっても、髑髏には脚がないので、机から落下すると、鞠のように弾みながら転がっていった。

その晩コマチさんは帰らなかった。心配で眠れない夜が明けた頃、堅いヒールの靴の音に似て、もっと冴えた足音が聞こえた。起き上がってみると、完璧な模型そっくりに完成した一体の骸骨が得意げに立っていた。

「どうですか、組み立てに少し手間取ったけど」

「申し分ない。見事な骸骨だ」

それからしばらくの間、慧君は骸骨のコマチさんと暮らした。模型の骸骨なら見たことはあるが、生きた骸骨（おかしな言い方だと慧君も思う）を見るのは初めてだし、数百の精密な部品で組み立てられた骸骨が、一切の肉をまとわない、向こうが透けて見える姿で歩いたり座ったりするのは優雅なパントマイムを見るようだった。ただ、それは模型と同じく余りにも繊細な細工なので、一緒に踊ったり寝たりするわけにはいかない。骨でできた籠のような胸も、中に心臓と肺が詰まっていないため、強く抱きしめるとつぶれそうに見える。駝鳥の脚に似て意外に強靭そうなのは、大腿骨、膝骸骨から腓骨、脛骨と続く脚だった。骸骨はその二本の脚で堂々と闊歩している。その様子も気に入ったし、椅子にもたれて女らしく脚を組んで話をする時の骸骨も好きだった。結婚生活をするなら、こういう優雅な骸骨とするのも悪くない、と慧君は悟った。

そのうちに慧君はいくらか飽きてきた。骸骨に黒いマントでも羽織らせようかと思案したが、それを言うと相手はいらないと言う。

「私には似合わない。まるで西洋の骸骨のお化けみたいじゃない？　こうして純粋な骨のままでいた方が清潔だし、気持がいい」

異変に気がついたのはある朝コマチさんのベッドを覗いた時のことだった。コマチさんは一夜にして見るもおぞましい姿に変じていた。

骸骨になる前の段階が腐乱死体であることを慧君は迂闊《うかつ》にも忘れていたのである。今その肉は腐乱の絶頂にあり、肉の崩れたところから覗いている内臓は濃厚な紫や臙脂《えんじ》色に輝いて、威嚇《いかく》的なほどその存在を主張している。これは最悪の凶夢だ。慧君は言葉を失った。しかし腐乱死体のはずのこのものはちゃんと生きていた。ひどく大儀そうではあったが、慧君の声に応えて上半身を起こしたのである。その時眼球は眼窩から流れ落ちそうだった。

これもまた一度は正視すべきものにちがいない。そう思い直して、慧君はできるだけ平静に話しかけた。

「何だかひどいことになっているね」

「これはお見せしたくなかったけど、順番ですから」とコマチさんは言った。

なぜか悪臭がまったくない。そこはコマチさんが気を遣ってくれたのだろう、と慧君は思った。あの強烈な腐臭さえなければ、腐肉をまとって寝そべっている姿も、それなりに愛すべきところがある。溶けかけている肉の間に手を差し込むと、何の抵抗もなく肱《ひじ》まで入る。肝臓らしいものに指が触れる。腕全体は温かい泥の中にある感じだった。手の先を動かしたのでコマチさんはくすぐったがった。

何日か経つうちに、腐乱死体のコマチさんは輪郭の崩れていない綺麗な死体になり、皮膚の色も普通の人間に近づき、死後硬直の段階を逆行して、臨終直後の死人になった。それから突然起き上がって慧君を驚かせた。

枯れ木に乳房がついたようなその体を慧君は珍しげに眺めた。老女の裸体というものはまだ見たことがない。

「百歳の媼《おうな》といえばミイラみたいなものでしょう?」とコマチさんは笑った。けれどもその顔には若かった日の美女のおもかげがかなりの分量で残っている。顔が小さいのは、媼の面をつけた能舞台のシテを見るようだったが、それにしても裸のシテとは異様である。肩までかかる銀色の髪を除いては、体に毛というものがない。皮膚は乾いた百日紅《さるすべり》の幹のようだったが、触ってみると驚くほど柔らかかった。

「どこかで能の衣装を手に入れてこなければ」と慧君はつぶやいた。

「いらないわ」

相変わらず何も身につけないのがコマチさんの流儀らしい。

「骸骨の時ほどではないけど、この状態もなかなか軽快で動きやすい」とコマチさんは感想を漏らした。

「やっぱり腐った死体よりもこうやって生きている方が快適のようね」

慧君もそれには同感できると思った。

その夜、慧君は初めてコマチさんとベッドを共にした。痩せた媼の裸の横に添い寝をさせてもらったのである。

「謡曲の解釈によると、あなたは死んだのちも男たちの妄執の犬に追われて成仏できない、ということになっている。たとえば深草の少将をその可愛い舌先で翻弄した」

「あの人は私が出した条件を実行することができずに倒れてしまった。運がなかったのでしょう」

コマチさんは言い訳をするでもなく、この上なく晴朗な調子でそう言った。そしてその腕で抱き寄せられると、慧君もそれはそうだったのだろうと思うほかなかった。ここで時間が止まってコマチさんがこの媼のままでいるのなら、この人に添い遂げてもいいと思う。その時慧君の頭には、祖父の入江さんの伴侶である桂子さんが浮かんでいた。あの人が百歳の媼になった姿がここにいるコマチさんではないか。これはひどい妄想だと思って慧君は頭の中のものを掻き消した。

こうして二人の生活が続いている間、どんな風に時間が経っていくのかわからなかったが、コマチさんはあくまでも自分の生きた時間を逆方向に巻き戻しながらその姿を見せてくれるつもりらしい。

「これからどんどん若くなっていくわけだね」

慧君がそう言うと、長年連れ添った妻のように黙って微笑んでいる。どちらかと言えば、若い娘に近づくとともにコマチさんの口数は少なくなる。花の色も匂うようなコマチさんを絶世の美女というのは誇張でも何でもない。この美女は、最初、顔も知らないまま結婚した姫君のようで、うまく親しめない感じがあった。そのうちに美しい顔にも慣れてくると、姫君は新妻らしくなり、慧君は日夜この妻に親しむだけの日々を送って、ほかに考えることもなかった。ただし、不自然なことに、この妻は次第に若くなっていくのである。

コマチさんが実際に自分よりも年下の少女になると、慧君はかえってその扱いに困ってしまう。源氏のように、少女の紫上を育てて女にしていくのはいいが、日に日に幼くなっていく紫上、いやコマチさんと暮らすのには少なからぬ戸惑いがあった。

慧君は観念した。コマチさんは今は妹のような年頃の美少女であるが、やがて童女になり幼女になり赤ん坊になって……最後はどうなるのだろうか。赤ん坊は当然その母親だった人の子宮に返してやらなければならないが、そんなことができるものだろうか。その暗い肉のあなぐらはどこにあるのか。いくら想像力を働かせてみても、そこまではわからない。

ある日慧君はついに決心して、生後何ヵ月かの姿になった赤ん坊を鞄に入れた。高原の芒の生い茂っている所を探して捨てるつもりである。外に出ると、西日はあかあかと燃えていたが、吹き抜けていく秋の風は石のように冷たく固い。芒は無数の手のように動いておいでおいでをしている。

嬰児《えいじ》遺棄の犯人になった気分で慧君は芒の間の道を歩きまわり、倒木の陰に赤ん坊を置いた。考えてみれば赤ん坊はこれから育っていくのではなくて、もっと小さな胎児になり、消えてしまうはずである。それでもこの嬰児遺棄は耐えがたいことだった。ここまでのすべてが九鬼さんの幻術か何かで生じた悪夢であればいい、と慧君は願った。


気がつくと慧君は自分の部屋に帰っていた。机の上の水盤にしらじらとした髑髏が座っている。後ろから見たその姿は、不機嫌なダルマの後ろ姿のようでもあって、何だかおかしくなる。髑髏から聞き慣れた声が出た。

「お帰りなさい」

「ただいま」

「どこへ行っていたの?」

君を捨ててきたところだ、と言おうとして、これはいかにも筋の通らない話だと気がついたので、返事をするかわりに髑髏の頭を撫でてやった。その堅固な手触りが慧君を安心させた。どうやらコマチさんはこのまま髑髏の姿でいるらしい。さっきの悪夢が戻らないうちに眠ることにしよう。

その夜遅く、ベッドに入ってうとうとしているところへ髑髏がころがりこんできた。唇を近づけると髑髏の口から薔薇色の舌先がちろちろと覗く。これこそ至上の生活ではないか。慧君は髑髏を腕に抱いて眠りに落ちた。

雪洞桃源

夜になって雪は止んだ。庭は皓々《こうこう》とした雪明かりで、慧君はしばらく昼夜の別を忘れた。降り積もった雪で姿を変えた中庭はどこかの深山の一角を思わせ、そこに見たこともない異界が現れているような気を起こさせる。一階に下りて談話室から中庭に出ようとすると、いつもの鴉《からす》色の服を着た九鬼さんを見かけた。

「これから悪所にお出かけですか」

「悪所？」

慧君はそれを遊蕩の巷を指して言ったものと解した。その悪所にはまだ一度も足を踏み入れたことがない。

「ぼくの年では少々早すぎるでしょう」と慧君が言うと、

「そんなことはありません。年には関係なく、行く人は行きます」

そう答えてから、九鬼さんは珍しく薄笑いを浮かべ、若い者によからぬことをそそのかす大人の顔をした。

「よかったらご一緒にいかがです？　実は私もこれから出かけるところでして」

九鬼さんが案内してくれるならどんな悪所でも安心だと、慧君はやや軽率に考えて、身支度をしに部屋に戻ろうとした。そのままで、と九鬼さんは手を振って、雪山のように見える中庭に出ていった。慧君も随《したが》うほかない。

九鬼さんが足跡を残しながら歩いていく先に槐《えんじゅ》の大木が立っていた。この庭では見覚えのない木で、おまけにこの雪の中でなぜか葉を落としていない。奇怪にも花までつけている。無数の薄黄色い花がそれ自身で光を放ってほのかな燈火のように見えた。なるほどここはもう異界か、と慧君は合点した。

「たしかこのあたりに入口があった……」と言いながら九鬼さんは槐の大木の根もとを足で探った。すると正方形に切り取ったかのように雪が消えて（多分秘密の蓋が下に落ちたのだろう）、地下に下りていく階段が現れた。九鬼さんは当然のように、黒々とした穴の中に姿を消した。

「足もとにお気をつけてどうぞ」

その声を追って慧君もあとに続いた。

長い階段を下りたところからは二人が立って歩けるほどの広さの洞窟が水平に延びている。薄明かりに満たされた洞窟は、よく見ると雪でできており、要するに雪の中に掘られたトンネルのようだった。雪洞《せつどう》の中は意外に暖かい。慧君は手を伸ばして壁や天井に触ってみた。雪ではなくて、岩石でも土でもない何か、たとえば肉質のものでできているような感触がある。複雑な襞《ひだ》まである。慧君は早速よからぬことを連想した。

「ここが母の産道だとすると、ぼくは生まれる前の世界へと遡行しつつあることになる」

「ご冗談を」と九鬼さんは軽く片づけた。

「もっと気の利いたところへ行くつもりですが。つまりこれは雪洞宮に通じる道になっています」

というのが九鬼さんの説明だったが、その声に応じるように、はるか前方に暖かい色の光が見えた。

「また行くこと数十歩、豁然《かつぜん》として開朗《かいろう》す」と九鬼さんが朗唱する調子で言ったので、慧君もそれに応じて、

「桃花源の記　幷《なら》びに詩」とつぶやいた。

「よくご存じですね。陶潜《とうせん》です」

「ということは、その雪洞宮は桃源郷のようなところですか」

「まあ、桃源郷でも死者の国でも似たようなものではありますがね」

「また行くと、鶏の声、犬の声が聞こえる……」

「そんな田園の風景でもないでしょう、何しろ雪洞宮ですから」と九鬼さんは笑った。

「ほら、そろそろ歌舞音曲《おんぎよく》のざわめきが聞こえてくる」

「それに嬌声も。つまりそういう悪所にこれから行くわけですね」

「坊ちゃんは悪所通いをご存じなかったはずですな」

「そうなんです」と慧君は妙に浮き浮きした気分で答えた。

「九鬼さんのお年なら随分詳しいでしょう」

「年は関係ありません。それはともかく、私にもなじみの女がいるのでして、ちょいと旧交を温めるのも悪くはあるまいと……」

　慧君は挨拶に窮した。それは羨ましいことで、とか、九鬼さんもなかなか隅に置けませんね、とか、大人なら口に出そうな言葉が慧君には口に出せなかった。そういうことなら、自分は海千山千の九鬼さんに連れられて、女遊びの手ほどきをしてもらうことになるのだろうか。慧君がつまらないことを考えたのを九鬼さんは即座に察したのか、

「何なら私が指南役を買って出てもよござい ますが」と笑った。

　突然、視界が開けた。ここが雪の下の桃源郷か、と慧君は光の中に歩み出ながら感嘆の声を上げた。たしかに、鶏の声や犬の声が聞こえ、ついでに山羊の声も……という風景ではなかった。そこにはまぎれもない都会の音があった。見たところ、のどかな田園というよりも、池や樹木の多い都市の風景だった。

　慧君は記憶の中を検索してこれまでに訪れた都市の中に似たものを探してみたが、似たものは見つからなかった。どの都市にも似ているように見えて、どの都市にも似ていない理由の一つに思い当たった。ここには車の姿が見えなかったのである。

　歩いている人は多かったが、土偶か何かが自分の意志をもたずに歩いているような印象がある。

「死体が立ち上がって歩くとこんな風に見えるかもしれない」

と慧君が言うと、九鬼さんもうなずいた。

「で、雪洞宮はどこに？」

「この街全体が雪洞宮です。すべてが雪でできているのです。屋根も壁も塀も、それに草木も空も」

「信じられませんね」

「見事な彩色が施してあります」

「あそこに見える建物は派手ですね。琉球王朝の宮殿みたいだ」

「ここにはいろいろな様式の建物が集まっているんですよ。だから街全体がいささか雑然としている」

「そういえば、歩いている人もどこの国の人間だかわからない。人種もいろいろですね」

「悪所はインターナショナルなものです」と九鬼さんは妙な言い方をした。

「ところで、お目当ての女性はどんな方ですか」

「ここの女王みたいなものです」

九鬼さんはあっさりと言ってから、ちょうど通りかかった料亭のような造りの家の木戸を無造作に開けた。

「ここです」

慧君も半信半疑のまま、木戸をくぐった。料亭だろうか、それとも昔風の遊郭だろうか、と慧君は迷いながら九鬼さんについて玄関に入り、靴を脱いで長い廊下を進んでいった。

中は驚くほど広くて、廊下は延々と続き、中庭や蓮池のある庭を見ながら、高楼に着いた。どうやらこれがここの女王だか女主人だかの居所らしいと見当はついたが、それにしても出迎えの人間が一人も見えないのは解せない。そのことを九鬼さんに言うと、九鬼さんは、

「街にいた人間がここの女に仕える雪洞宮の役人や宮女で、護衛や連絡その他の仕事をしているのです。われわれが来たこともう伝わっているはずです」

と言いながら、案内も乞わずに高楼の最上階まで登っていった。その時にようやく慧君は高楼全体が雪でできた精巧な彫刻のような性質を帯びていることを感じた。しかし触ってみると冷たくもないし、脆く崩れる様子もない。それどころか、信じがたいほどの堅牢さがある。

九鬼さんは奥の玉座のようなところに座っている女の前に進んで、自分も座った。楊貴妃の頃の中国の衣装とも古代ローマの衣装ともつかぬものをまとっている。それがまた重ね着をした状態でもなお半透明なので、慧君には裸でいるのか衣装に身を包んでいるのかよくわからないような具合だった。こういう女を妖艶というのだろう、と勝手に思ってみた。

「なじみの女」と九鬼さんはさっき言っていたが、その女は明らかに九鬼さんのことをよく知っていて、それも余りにも付き合いが深いので、再会の情を大袈裟にあらわす必要もなく、ただ口元に微笑を浮かべ、目の前に微妙な光を動かすのがその挨拶だった。女は慧君には「ようこそいらっしゃいました」というような言葉とともに、これは営業用かとも思える派手な笑顔をつくって見せた。

九鬼さんが何千年とも年齢不詳の老人なのに合わせたかのように、この女も絶世の美女というほか形容のしようのない容姿と、皺一つない玉の肌とを持ちながら、若い娘らしいところは皆無だった。これまた海千山千の妖怪か、と慧君は覚悟したが、その慧君の緊張を見て取ったのか、相手はにわかに軽くなって、「お楽になさって」と笑いかけた。これは不思議な変化で、相手はせいぜい二十代の普通の女性らしい軽さになって慧君の前にいた。そして九鬼さんに顔を向ける時はたちまち年齢不詳の女に戻る。慧君は怖くなった。すると女はまた慧君にすばやく今風の娘の笑顔を見せて安心させた。

それから女は自分の名前を言ったが、慧君はそれが「ペル……」だか、「ペロポ……」だか、聞き取れなかった。いずれにしてもPで始まる外国人の名前だった。聞き返すのも失礼だと思って、慧君は自分の名前を伝え、初対面の挨拶をした。相手もにっこり笑ってうなずいたが、その鷹揚な態度に、慧君は母親ほどの年齢の女性を思わせるものがあるのを感じた。やはり自分が逆立ちしても及ばないほどの、年を経た魔女のような人だろう、と慧君は観念した。

「いやだわ、慧君って」と女は嫣然《えんぜん》と笑って九鬼さんを見た。

「私に取って食われそうに思って怖がっている」

「それは当然ですな」九鬼さんは用意されていた黄金色の酒に口をつけながら言った。

「坊ちゃんはとっくにあなたの正体を見破っている」

「そんなことはありません」と慧君はむきになって否定した。

「実はさっき聞き逃したんですけど、ぼくの推定では、ペネロペとおっしゃったのではないかと思います。するとこの九鬼さんはオデュッセウスということになりますが」

「当たらずといえども遠からず、ということにしておきましょう」

女は上機嫌でそう言って慧君にウィンクした。

「違ったとしても、ギリシア神話に出てくる方でしょう」

「御明祭」と今度は九鬼さんが言った。

ひょっとすると、この人は九鬼さんの奥さんの一人かもしれない。しかし奥さんが何人もいるのであれば、みな愛人と考えても差し支えない。要するに「なじみの女」という以外にないことを慧君もようやく納得した。

「それより、そろそろ始めましょうか」

とP……が合図すると、数人の着飾った若い女たちが酒食を運んできた。九鬼さんが、ここの宮女たちだと教えてくれた。するとあの人はやはり女王陛下のような人だろうか。三人で乾杯してからあとは、これも九鬼さんが「ネクタル」だと教えてくれた酒の功徳で、慧君はたちまち酔郷に入り、そのまま陶然とした状態を続けてそれ以上に酩酊することもなかった。九鬼さんと女王は慧君にはよく理解できない話を交わしている。それは子供が親密な大人の男女の話をはたで聞いてもよく理解できないのと似ていた。ある時は二人が属している別の世界の住人の噂話のようでもあり、ある時は他人に聞かれるのを憚る睦言のようでもあった。しかし慧君には所詮わからない話であることには間違いない。その話の中に慧君は勝手に口をはさんで、質問したり思いついたことを述べたりした。会話は混乱のきわみのようでいて、女王も九鬼さんもいっこうにそれを苦にする様子もなく、二人の話は二声のフーガのようにからみあって整然と進行しているかのようだった。慧君の話は時折挿入される不協和音か打撃音にすぎなかったのである。

しかし気がついてみると、いつか話題は慧君のことに移っていた。

「舞さんとのこともそうですが」と九鬼さんが言うので、慧君はびっくりして相手を見返した。なぜここで突然舞さんが出てくるのか。

「舞さんがどうかしたんですか」

「この間もお二人で海市に遊んだのはいいが、えらく退屈な時を過ごすことになった。その他の女性たちとも似たり寄ったりで、坊ちゃんはどうも女性と楽しむことをまだご存じないらしい」

「余計なお世話だと慧君は御立腹のようよ」と女王が言った。

「いや、そんなことはありません。九鬼さんのおっしゃる通りです。ぼくはいろんな変わった女性と変わった関係を結ぶこと、そのモードの多様性を楽しんでいるだけかもしれない」

「私の酒のせいでそうなったのでしょうが」と九鬼さんは説明した。

「あれはもっと単純なことですから、単純になさった方がよろしいかと思います」

「たとえば、可愛い猫を御覧になって、可愛いと思うと猫も体をすりつけてくる。抱き上げる。猫がざらざらした舌で慧君の鼻の頭をなめる……といった調子ですわ」

「猫が相手だとそれができます」と慧君は嬉しくなって言った。

「では猫を呼びましょう」

その女王の声に応じて慧君の前に猫、ではなくて若い女性が現れた。女王と同じく不思議な衣装を身にまとっているせいで、裸のようにも見える。慧君が手を伸ばすと、相手は猫のように身をすり寄せてきた。そして膝に上がって慧君の口に舌を這わせた。その肉の重みは十分に成熟した女性のものだったが、慧君に負けないほど若い。抱いた瞬間に若いと感じた根拠は、その存在がいかにも軽やかだったからである。これは宮女の一人だろうか、女王の娘だろうか、と思ったのが最後で、慧君は相手の猫の目よりも美しい目に溺れ、考えることをやめた。

あとになって思い出すと、その行為は食べることに似ていた。それも口や歯を使って食べるのではなく、全身を使って相手の肉、というよりも存在そのものを食べるのである。そして食べながら自分も食べられていくのを感じる。相手の中に侵入して食べている自分もまた相手に包まれて食べられるのである。その果てに二人ともなくなる。それを「死んだ」と呼んでもいいが、とにかく闇に吸い取られて無に帰すのである。

おかしなことに、途中で慧君は目の片隅に、あの女王らしい女と九鬼さんらしい男の交わっている姿を見たような気がした。その一瞬、二つの体が闇よりもまだ黒い紫色の物質に変じて、それはまさしく腐肉の死体かと思われた。しかし余りにも短い一瞬で、すべては錯覚にすぎなかったのかもしれない。その後何も変わったものは見えなかった。

次第に夢の水位が高まって慧君の頭を浸しはじめた。雪の中で眠っている夢である。雪は降りしきり、眠っている慧君を包んでいく。という夢を見ながら自分が死に近づいているのを感じた。白いはずの雪は漆黒に変わり、それが止むことなく降りしきっている。

その時、手が伸びてきて慧君を引き起こした。九鬼さんだった。

「そろそろ帰りましょうか」と九鬼さんはいつもの平静な調子で言った。

「少々長居をしすぎたようだ」

「ぼくは死ぬところだった。ひょっとすると、本当はもう死んでいるのかもしれない」

「そう、雪の中で眠ってしまうとそのまま死にますからね」

九鬼さんは平凡なことを言ってから歩き出した。すでに街の中だった。あたりを見渡したがあの高楼はない。この街、あるいは雪洞宮の中に今は粉雪が舞いはじめていた。しかし空は嘘のように明るい。したがって舞う雪も嘘のようだった。雪の下に広がる雪洞宮に雪が降るということは、やがてそれを跡形もなく埋め尽くし、掻き消してしまうということだろうか。

九鬼さんはその慧君の疑問には答えずに、石垣で固められた川岸の水際まで下りていった。飲み過ぎて吐くつもりだろうか、と慧君はつまらない心配をしたが、その心配の通りに九鬼さんは口から何やら吐き出した。

暗紫色の胞衣《えな》みたいなものだ、と慧君は（それを見たこともないのに）確信した。九鬼さんはそのものを手で丹念にもみほぐすようにして洗い、川の流れにさらした。終わると、ビニール袋に水を満たすようにして川の水を満たし、膨らんだ状態にしてそれを飲み込んだ。そして水だけを鯨の潮吹きよろしく吹き上げた。つまり、そのものは綺麗になって、また九鬼さんの体内に収まったのである。

あれは何だったかと訊きたいところだったが、なぜか憚られた。慧君の想像では、九鬼さんは体内から「タマシイ」とでもいうべきものを取り出して洗ったのである。そうにちがいない。

「時に、雪洞宮だか桃源郷だか、その種のところへ行って帰ってみると、ぼくは今浦島になっているわけですか」と慧君は別のことを訊いた。

「それがお望みなら」

「でもそれはぼくの欲するところではありませんね」と慧君はふざけた口調で言った。

「その時間の処理には三つの方式があるはずです。第一は、もとの世界では数千年が経っていた、とするもの。第二は、もとの世界でもここで経過したのと同じ時間、たとえば数時間か一日が経過していた、とするもの。第三は、ぼくたちがこちらにいた間、もとの世界では時間は経っていなかった、とするもの」

「どれがお望みです?」

慧君はほとんど迷うことなく答えた。

「第三の方式です」

「それがよろしいでしょう」九鬼さんは簡単に答えてから、言った。

「時に、帰りにあそこへ寄って一杯やっていきましょう。お祓いの意味でも」

この街のどこにあのクラブの建物があるのかと怪しんでいるうちに、まわりの様子が見慣れた街のそれに変わっていた。夕暮れの中に黒々と光っているクラブの扉を押した。九鬼さんは以前そこでカクテルをつくり、酒を出していた頃のように、バーテンダーの身ごなしでカウンターの向こうに入り、黒い飲み物をつくってきた。

慧君はそれを飲んだ。気がつくと便器の中に吐いていた。さっき九鬼さんが川で洗っていたあのものと同じ色をしたものが、大量に吐き出されて便器をみたした。まるで溶けた死肉のようだ、と思った。

「いかがです、ご気分は?」

「すっきりしました。さっき川であれを洗い落としていたんですね」

「黄泉の国に行ったあとではああやって洗い清めておきませんとね」

「すると雪洞宮とは冥界の宮殿だったわけですね。そもそも悪所とは死後の世界のことだったのか……」

黙ってうなずいて、九鬼さんが口直しに、と出してくれたのは、赤ワイン色の宝石のように輝くカクテルだった。

「ペルセポネーです。別に細工はありません」

「ペルセポネー……たしかあの人はそう言った。それがあの人の名前でもあるということは……」

「冥界の女王のような神様ですよ、ギリシアでは」

慧君は納得して九鬼さんと家に帰った。中庭の槐は葉を落として冬の姿になっている。

「あの下を掘っても何もありませんからね」と九鬼さんは念を押した。

臨湖亭綺譚

新緑の頃、慧君の家族は例年のように「臨湖亭」に出かけた。祖父の入江さん、その夫人の桂子さん、義母のゑり子さん、それに今回は九鬼さんが同行した。九鬼さんも最近では入江家の執事のような顔をして家の中の事を取り仕切っている。その慰労の意味もあって、「九鬼さんも連れていこう」と入江さんが言い出したのだった。

幾重にも重なる山々に囲繞《いにょう》されたこの湖は中国杭州の西湖に劣らず風光明媚である。一方は田園に向かって開け、三方には峻険な山が迫って、水は深い碧眼のように静まり、瓢簞《ひょうたん》の形をした湖のくびれたところを橋が横切っている。入江さんが「臨湖亭」と名づけた別荘はその瓢簞の底に当たる湖畔に乗り出して建っているので、半ばは山荘、半ばは湖上に浮かぶ船のように見える。一部は中国風の三層の楼閣になっていた。

かつて入江さんはこの季節に臨湖亭で数日を過ごすことについて、こう言ったことがある。

「五、六月頃、北向きの窓のそばに寝ころんで、涼しい風に吹かれると、伏羲《ふくぎ》氏以前の人間に戻ったような気がするね」

「伏義氏って、太古の伝説上の天子でしょう」と慧君が訊いた。

「そう、原初の人間に戻った気分だね。猿に近い原人とは言わないが」

そんなやりとりを思い出しながら、慧君は湖に面した窓を開けた。うたた寝をするには涼しすぎる風が入ってくる。昼間の風は青葉若葉の成分を含んだ薫風だったが、夜の風は黒々とした湖水の湿りを含んでいる。

「ただし、条件がある」とあの時入江さんは続けた。

「涼風が効をあらわすのは老佳人の膝を借りて寝ころんだ時の話だ。すると頭の下に楽器があって、水音のように鳴っているのが聞こえてくる」

「私の膝を楽器のようにお思いになるのは、すっかり骨と皮になってしまったからでしょう?」

「いや肉質の楽器だ」

慧君を前にしての二人のきわどい睦言を思い出したとたんに、慧君は一人でいるのが寂しくなって、みんなが集まっているらしい楼閣に上っていった。

「少し涼しすぎるようで……」と慧君が言うと、入江さんはシェリーのグラスを持ち上げて、

「だからこれを飲んでいる」と言った。九鬼さんが慧君にも同じものを持ってきた。

「そろそろ九鬼さんに何か趣向がありそうですね」と桂子さんが言う。

「このところその方面はすっかり不調法で」

いや、そうではあるまい、と慧君は思った。現にこれはただのオロロソではなさそうだ。すでに「趣向」は凝らされているのではないか。

「それは考えすぎですよ」

九鬼さんは慧君の考えを読んだかのようにつぶやくと、自分も濃いシェリーに口をつけた。

「時に、さっきから不思議な灯りが見えますね」

そう言い出したのはゑり子さんだった。

「私も不思議に思ったわ」と桂子さんも言った。

「婦女子にだけ見えるものかね。慧君はどうだ？」

「怪しい光って、遠い稲光か何かですか」

慧君は湖面から虚空へと逆に走る稲妻のようなものを想像した。紫金の竜が一瞬のうちに天に昇る姿である。

「ここでは、夜、時々湖上に怪しい光が見えるのだそうです」

と言ったのは、岬を一つ隔てたところにあるホテルに泊まっている松浪さんだった。入江さんの若い頃からの知人である。

その説明によると、それは毎晩のように水の上に現れ、鮮やかな紅から紫、青まで、微妙に色は変わるが、湖上を歩くように移動して、時には橋を渡り、対岸の山に消えたりする。月が明るい夜だと光は弱く、風雨の中だと輝きを増し、稲妻の時にはそれに負けないほどの光を放つのだという。

「正体は何でしょうかね」と入江さんは言って、九鬼さんの方を見た。

「どこかの大学の先生とは違って、私には人魂をプラズマか何かで説明するような知識がないもので」と九鬼さんは苦笑する。

「昔、杭州あたりの湖でも同じような光が見えたようですが、偉い詩人が、それは鬼でもなく、また仙でもないと言っています」

「怪しいものは怪しいままで説明がつかなくてもよろしい。ただし、九鬼さんには怪しいことを起こしたり抑えたりする力がある、ということですか」

と慧君が言ったのに、九鬼さんは笑って答えず、口の前で指を立てた。

その時、湖面を忍び寄るさざ波のように、妖しい音楽が聞こえてきたのである。音楽である以上は、「妙なる」と言いたいところだったが、この時間に湖心から湧き上がる音楽というのはやはり妖しい。音の性質からすると、どうやら撥弦《はつげん》楽器のものらしい。

「ヴィーナですね」と音楽に詳しい慧君は断定した。

「どういうラーガか見当もつきませんが、かなりのテクニシャンです」

「琵琶かと思った」とゑり子さんは言う。

「南インドの琵琶みたいなものです。岬の向こうのホテルでインド人の演奏家が弾いているのかもしれませんね。それとも日本人の女性か……」

慧君はかつて桂子さんの長女の智子さんが弾くヴィーナを聴いたことがある。それを思い出していたのである。

　松浪さんは首をひねった。

「ホテルにはそんな人はいなかったし、今夜ヴィーナの演奏会があるという話も聞いていない。それに、聞こえてくる方角が違います。あれはやはり湖心の方から聞こえてきますよ」

「では変な話になるが、湖上に舟を浮かべて、もと長安の倡女《しょうじょ》だか遊女だかが琵琶を弾いている、ということにしてもいいでしょう」

　入江さんはそう言いながら九鬼さんに片目をつぶって見せた。

「そう言えば、こちらに舟が近づいてくる」と慧君が言った。ゑり子さんが慧君と顔を並べるようにして、慧君の指さす方を見つめる。

「ほんと？　私には見えないけど」

「ということにしておきましょう」

「妖しい調べも止んだようだ」

　入江さんがそう言ったので、全員がしばらくは聞き耳を立てたのち、話題は別のことに移った。しかし他の人たちはいざ知らず、慧君の耳の中ではヴィーナの音は鳴り続けていた。そして演奏も次第に熱がこもって佳境に入ったように思われる。

　その音楽は部屋に戻ってベッドに入ってからも終わることがなかった。夢の中まで続いていると思いながら、ついに慧君は夢遊病者の気分で起き上がり、セーターを着て部屋を出た。湖上に舟を浮かべて琵琶、いやヴィーナを弾いている倡女だか遊女だかに会いに行くつもりなのである。

　先ほど調べたところによれば、入江さんがほのめかしていたのは、有名な白楽天の「琵琶行」の話らしい。するとあれを弾いている女は、今は容色衰え、落ちぶれて江湖の間を渡り歩いている淪落の女ということになる。慧君の乏しい経験ではそういう女というものを知らないので、想像できるのはなぜか病み衰えた鬼女のような、怪しくも凄まじい女だった。

　慧君は別荘の艇庫からモーターボートを出して、エンジンの音を気にしながら湖心に向かった。満月に近い月は湖水に映って一粒の真珠のように輝いている。その湖面の月を揺らめかせながら一艘の舟が浮かんでおり、白い簡素な衣裳の女性が顔を伏せてヴィーナを弾いていた。この衣裳は以前智子さんも演奏会で着ていたような気がする。慧君は智子さんの顔を覚えていない。ただ、舞台にあぐらをかくようにして座る時に衣裳からこぼれた異様に白い素足が記憶に残っているだけである。舟中の女性も、異様に白い腕を出してヴィーナを抱いている。気がつくと、弦にからむ指は暗紫色に鈍く光りながら、長くて尖っている。慧君はたちまちいつか会った麻姑の爪を思い出して興奮した。しかしこれが麻姑であるはずはない。智子さんだろうか。智子さんは桂子さんの娘だから、慧君にとっては叔母といえる年齢に達した女性である。今のところ舟中の奏者は年齢不詳、顔もはっきりとは見えない。伏せた顔を長い髪が隠している。その顔を上げた時、それが目も鼻も見えない闇黒に塗りつぶされた顔だったらどうしようという恐怖に襲われたが、慧君は気を取り直すと、エンジンを止め、舟を漂うのに任せながら、リズムを計って掌で船縁を叩いた。ムリダンガムのつもりである。

ヴィーナの女はそれに気がついたのか、顔を上げて慧君の方に向けた。相変わらず年齢は不詳だったが、白々とした月面のような顔で、明らかに微笑が浮かんでいた。

「でたらめなリズムなので、邪魔になりますか」

「それで結構よ」

この会話は、声を出すことなく、脳から脳へと直接響き合うようにして行われた。

「あなたはどういう方ですか。なぜこんな夜にここでヴィーナを弾いているんですか」

「質問は一度に一つだけにしてね」

「つまらない質問だから撤回します」

「淪落の女……私のことをさっきそう思ったんでしょう？　その通りでいいわ」

「あれは琵琶行の話です。あなたがあちらの世界から現れたのなら別ですが」

「お望みならもう一曲弾いてあげます。そのかわり、お酒を飲ませて」

「よろしければ酒を出してくれる人を呼びましょう」

そう言って九鬼さんを呼ぶと、客の注文を受けた時の顔をした九鬼さんがそこにいた。両手に酒樽のようなものを持っているが、その形はムリダンガムにも似ている。

「こっちへいらっしゃい」と九鬼さんが伸ばした手にたぐられるようにして、ヴィーナを抱えた女は慧君たちの舟に移ってきた。そして白い衣裳を広げ、あぐらをかいて座った。九鬼さんは樽から琥珀色の酒を注いだ。こうして酒盛りが始まると、慧君はたちまち陶然となり、思わず女の膝を借りて枕にした。その間にも女は演奏をやめない。慧君は自分の頭がいつの間にかヴィーナの太い棹の頭の方についた、南瓜《かぼちゃ》の共鳴器になったように感じた。酒樽をムリダンガム代わりに叩いているのは自分なのか九鬼さんなのかもわからない。ここまで泥のように酩酊していいものだろうかと考えている意識だけが天空を走る月のように冴え渡っているところからすると、これは酔いではないかもしれない。

　では私はこれで、というような言葉を残して九鬼さんは舟から消えたのもわかっている。舟に残ったのは怪しい女と慧君と二人きりである。相手はそろそろ遊女の前身をあらわしたのか、と思ったが、気がつくと今は相手が慧君の膝の上にある。ヴィーナを抱くようにして抱いているその相手が実は楽器そのものだとも思える。慧君は右手の指を肉質の楽器に這わせる。指で奏でることは肉のあらゆる凹凸をなぞって愛撫することであり、弦を振動させて「蓮のような美しい目をもつ女神よ」というような賛歌を奏することがその女神に悦びの声を歌わせることであった。

　歓を尽くしたのち、慧君は正体もなく柔らかくなって横たわったままの楽器とともに艇庫に戻った。疲れ果ててベッドに倒れ込んでからのことは何も覚えていない。

　翌朝、食堂に集まった時の入江さんたちの開口一番の挨拶が、「例の妖しい音楽が一晩中聞こえていた」だった。

「そうですね。でも別にうるさくはなかった」

と慧君は少々うしろめたい思いをしながら言った。あの楽器を一晩中奏でていたのは自分だったということを知られたのではないか、と一瞬気になったのである。

「右に同じだね。あれを聴きながら眠ったら、夢の中でも結構なＢＧＭになる。これはこれで立派な快眠だ」

桂子さんもそれに賛意を表した。

その午前中に、みんなで湖畔のホテルまで行ってみると、遊覧船の発着する桟橋のあたりには警察の車や救急車が何台も停まっており、関係者が緊張した様子で湖面に出た船と携帯電話で連絡し合ったりしている。遊覧船やホテルのモーターボートの上では、竿を持った人たちが水中を覗き込むようにして何かを捜索しているらしい。

ロビーに入っていくと、松浪さんや支配人が、やはり立ったまま湖上の捜索を見ており、慧君たちに気がつくと、近づいてきて、

「昨夜、ホテルに泊まっている人がいなくなりました」と教えてくれた。

「船を出して湖を捜索しているのは、酔っぱらって夜中にボートを出した人がいたようなので、誤って水に落ちたのではないかというわけです。無人のボートが湖心のあたりを漂っていましたから」

慧君はその行方不明の人が男であることを知って安心した。

その夜も慧君は舟を出した。今度は橋をくぐり、瓢簞の上部に当たるところまで舟を進め、あのヴィーナを抱いて弾いた。冷たい木の胴が温まり、柔らかくなるまで弾いて、それを抱いたまま舟の中で眠った。

慧君もそれを予期しないでもなかったが、朝になるとまたホテルの方で騒動が始まっており、今度は若い女性が姿を消したという。湖上の捜索が始まり、前日と同じ光景が繰り返されていた。

「遺体は二つともまだ見つかっていないようですね」と慧君は湖畔に出てきた九鬼さんに言った。

「湖を探しても見つからないでしょう」

「深夜にも聞こえていた妖しい音楽が人を誘い出したのかもしれない」

「それだと怪談めいた話になりますが、多分関係ないでしょう」

それから慧君は九鬼さんと肩を並べ、どちらが誘ったともなしに、遊歩道を歩き、湖中の島に通じる堤を通って、松や躑躅《つつじ》におおわれた島に向かった。椀を伏せたような島の頂には古いお寺がある。「若葉して手のひらほどの山の寺」というのはこの寺のことかもしれないと思いながら、慧君は風雨にさらされた方丈の縁側に腰をかけた。万緑の中にさやさやと風を受けている楓があり、その向こうには白骨の色をした幹を並べて、見たこともない木立がどこまでも続いている。慧君は頭が混乱して九鬼さんの方を見た。

「これも怪談になりますが、このあたりは古戦場で、数百人の武者があの林の中で自刃したのだそうです」

「そう言われると、あれは白骨が群がって立っているようにも見える」

「私の勘では、行方知れずになったホテルの客は、ヴィーナに誘われて湖底に赴いたのではなくて、彼らに招かれてあそこへ入っていったように思いますがね」

「あそこを探せば遺体が見つかるということですか」

「警察は気がつかないでしょうな」

そんな話をしているところへ、山僧が茶を点《た》てて運んできた。それを頂いて顔を上げた時には不思議な林は見えず、霧のようなものが山寺を包みはじめていた。

午後から雨になった。絹糸のように細い雨で、山も湖も煙雨の中で墨絵に変じていく。それを見ながら入江さんは、

「雨もまた奇なりとは誰かも言っているが、確かにここは雨もよく似合う」という感想を述べたが、慧君は頭を占領している雑念のせいで、ぼんやりしていた。九鬼さんはヴィーナの演奏は関係ないと言ったが、慧君にすれば、真夜中のあの妖しい演奏が人を狂わせたような気がしてならないのである。それとも、あの演奏を聴いて武者たちの骨が一斉に立ち上がり、深夜歩み出して人を連れ去るのだろうか。しかしいずれもたわいもない怪談である。

「気分が爽快になるものを調達してきましょう」と言って九鬼さんは奥に入った。そのしばらくの間にどこまで行ってきたかはわからない。九鬼さんは緑色の液体の入った瓶

を手にしていた。それを使ってつくるカクテルだから、「アフター・ミッドナイト」か「カルーソー」のような緑色のものになる。

「青葉若葉の色をしていますが、これは樹液を搾ったものです。まあ、液化した木の精といったところでしょう」

「グリーン・ミントの代わりに新緑の木のエキスですか」

「まあそんなところですが、先ほどあの山寺のあたりで採ってきたものです」

慧君は一口飲んで血がざわめくのを覚えた。植物の精にしては激しすぎる。それとも強い酒精のせいだろうか。

その夜、慧君には闇と煙雨にまぎれてなすべきことがあった。ボートにヴィーナを横たえて湖心に出ると、今は死後硬直のように堅くなった楽器を湖心の水に静かに沈めた。人を殺してその死体をひそかに投げ捨てるような気分である。水面に横たわったヴィーナは、一瞬女の形を見せたのち、意志があって自ら湖底へと急ぐかのように沈んでいった。

明月幻記

高原の秋風が冷たくなってきた頃、慧君は去年のコマチさんとのことを思った。コマチさんとは髑髏のことである。あの頃、髑髏はまだ生きていた。添い寝して唇を近づけると髑髏の口から薔薇色の舌先がちろちろと覗く。あれこそ至福の時ではなかったかと思う。しかしコマチさんはいつかただの髑髏になった。もう物も言わない。今も机の上に安置してあり、気が向けば眼鏡用の柔らかい布で表面を拭いてやったりもする。もともと慧君には「玩物喪志」の性向はない。物を愛玩しているうちに頭が変になるということもなかったし、また誰かのようにこれに漆を塗って杯として使う気にもなれなかった。

慧君は夜の庭に出て四阿《あずまや》の椅子に腰を下ろした。

「今夜は満月です」と言いながら九鬼さんが現れた。

「いい具合に得月、つまりその、今夜はいい月が見られるというわけで」

「それならここで月見の宴といきますか」

「まもなくお祖父さまもお見えになります」

慧君は九鬼さんが運んできた酒に口をつけた。玉が融けたというか、天から落ちた星屑が融けたというか、この液体は玲瓏としか形容のしようがなかった。そのことを慧君が言うと、九鬼さんは、

「別に種も仕掛けもありません。とびきり高い酒はまあこんなものです」と興醒めな言葉を返した。

入江さんが一人で四阿の方に歩いてくるのを見て、慧君は桂子さんがいないのを不審に思った。いつだったか桂子さんは、強い月光を浴びると不思議な反応を起こしそう、月光アレルギーというのかしら、などと話していたことがある。

入江さんはまず月を見て、独り言のように歌を口にした。

「雲はみな払ひはてたる秋風を松に残して月をみるかな。良経」

その入江さんが引いた歌のように、この夜、雲を吹き払われた空は磨きたてた青銅のような輝きを帯びていた。ただ、山の前に立つ赤松の梢はかすかに揺れている。

出てきた酒肴の中に上品な団子のようなものがあった。つくねを月見団子に見立てたものらしいが、食べてみると鳥の肉の味がする。

「多分、鶉《うずら》あたりでしょう」と九鬼さんが言った。

「ひとつとりふたつとりては焼いてくふ鶉なくなる深草の里。蜀山人」

入江さんはまた歌を引いて、頬の片方で笑った。

「ひどい狂歌ですね」

「いみじき歌、と言うべきかな」

こうして月見の酒宴が続いているうちに、雲が出て空の色は暗い紫に変じ、夜風も強くなった。天空に何かが渦巻く気配がする。月が雲に隠れたせいか、星の光が強まって、中にはひどく凶暴な輝きを見せるものもある。「……渦巻きそめし星月夜」という句があった。そしてこの渦巻きの気配はゴッホの絵にあったものだと慧君は気づいた。

三人は慧君が書斎に使っている部屋に引き上げて酒宴を続けることにした。そこには桂子さんもすでに来ていて、シェリーらしいグラスを手にしている。

「外は何やらただならぬ気配がしてきたもので」と慧君が言うと、桂子さんは笑って、

「月光浴は時に心身によくないことがあります」

「そういえば、さっき満月を見ていて気がつきました。月って完全な裸身だということに」

「慧君の説によると、だから月は時々雲に隠れなければ、ということ?」

そんなことを言い合っていた時に、急に窓の外が明るくなった。まるで月が地上に下りて近づいてきたかのようだった。

「あれは何?」

慧君は思わず叫んだが、窓の外には皓々と輝く月球が二個、並んでこちらをにらんでいた。その月は、一瞬錯乱した慧君の視覚によれば、一抱えもありそうで、全体が金色に輝き、中心に深い闇があった。

「眼ですよ」と桂子さんがつぶやいた。「ふくろうの眼」

落ち着いて見ると、確かにふくろうだった。それにしても大きなふくろうで、全身が純白である。

「珍しい鳥がやってきた」と言いながら、慧君は当然のように立っていって窓を開けた。ふくろうは窓枠を足でつかんでから、ゆったりと羽を広げて床に舞い降りた。見たこともないほど大きなふくろうで、立ったところは一メートル、羽を広げると三メートルもありそうだった。

ふくろうは入江さんの方に近づいて、頭をすりつけるようにした。そのしぐさも歩き方も鳥のものではなくて、猫に似ている。

ふくろうという鳥は、鳥と哺乳類の中間にある。らんらんと光る眼は金色の満月に似て、その二つの満月が顔の正面に並んでいるところは猫の顔に近い。猫が好きな慧君はふくろうも好きである。というより、鳥の中で好きなのはふくろうだけだった。しかしこれがただのふくろうでないことはその顔を見ただけでわかった。ふくろうに似た人間をその中に含んだふくろう、というべきか。あるいは、もっと不正確な言い方になるが、ふくろうの縫いぐるみの中に隠れている人間、というべきか。

これで彼女が（慧君は最初からこのふくろうが女性であることを疑わなかった）人語をしゃべったら、と慧君はとんでもないことを考えたが、そのとんでもないことが起こった。

「はじめまして。ペルセポネーです」

慧君はあっけにとられてふくろうの顔を見つめたが、その口は鋭い嘴《くちばし》になっていて、そこに人語や猫の声を発する哺乳動物の口があるわけではない。それはそうだろうと慧君も納得した。でもそれなら人語はどうやってしゃべるのだろう。ふくろうはとくに口を動かすでもなく、少し首をかしげながら流暢にしゃべった。腹話術のようであるが、その声は腹話術師の操る声とは違って、若くて明るい本物の少女の声である。このふくろうそのものが腹話術を使ってしゃべっているのだろうか。

「はじめまして。入江慧です」

「あなたのお祖父さまが行けとおっしゃるものですからこちらに参りました」

「行けとはどういうことだろう」と慧君は首をかしげた。

「慧君のものになれということでしょう」

そして、「ね？」と相槌を求めるようにふくろうは首を回して入江さんを見た。

「まあ、私からのささやかな贈り物といったところだ」

入江さんは少し照れたような顔をした。ふくろうは甘い声でさえずるようにしゃべった。

「ひょっとすると、私が手に負えなくなったので、慧君に下げ渡して面倒見させようという魂胆だったりして」

「それもある。大体、ペットというものは飼うべきでないと兼好も言っている。鼠を取らせるための猫と番犬は別だそうだがね。お前のような別格の鳥を飼うのは確かに疲れる。実を言うと、鍾愛《しょうあい》しすぎて疲れた。そちらは不死なるもの、こちらはまもなく死ぬことになっているもの、これではいかにも分が悪い。そこで慧に譲って可愛がってもらうことにした」

「ぼくの専用にしなくてもいいでしょう」と慧君が言った。

「それにしても、お祖父さまがあなたのような方を鍾愛していたとは知らなかった」

「珍しいペットだったということでしょ」

「そうは思えない。あなたはただの鳥ではない。ペルセポネー……その名前はギリシア神話みたいですね」

　慧君は頭の中で知っていることを素早く検索した。

　そもそもペルセポネーとはゼウスとデーメーテールとの間の娘である。それを冥界の王のハーデースが見初めて、強引に地下の世界へさらっていった。母親のデーメーテールは半狂乱になって松明を手に娘を探すが、太陽神のヘーリオスからハーデースが娘を奪ったことを聞き、またこの話にはゼウスも一枚噛んでいたことを知って激怒し、老女に身をやつしてエレウシースにやってくる。デーメーテールが天界に帰らないために大地には実りがなく、人々は困窮する。ゼウスはハーデースにペルセポネーを帰すように命じたが、ペルセポネーは冥界で柘榴の実を食べたために、冥界の掟によって帰ることができない。そこでゼウスはペルセポネーが毎年三分の一はハーデースの后として冥界で暮らし、あとの三分の二は神々と一緒に暮らすようにした。

ところで、ペルセポネーが柘榴を食べたのを見ていて証言したのは河神の子のアスカラポスだという。デーメーテールは怒ってこのアスカラポスをふくろうに変えたのである。

慧君が頭の中から取りだしたことを並べてここまで復習した時、ふくろうは嬉しそうに軽く翼を動かして、

「その話ではふくろうに変えられたのはアスカラポスだということになっているけど、本当は私です」と言った。

「するとつまり、あなたがペルセポネーですか」

「そう、私はふくろうになって冥界から地上の世界へ飛んで帰りました。冥界の掟がどうだとか言うけれど、ふくろうになれば自由に飛んで、どこへでも行けることがわかっていたの。それから私はあの、今でいえばキャリアウーマンの守り神みたいなアテーナーの秘書になったってわけ」

「そういえば、あの女神といつも一緒にいる聖鳥がふくろうなんだ。あなたがふくろうになって秘書をやっていたとはね」

「神様やってるよりふくろうになった方が楽しいじゃない?」

ふくろうのペルセポネーは次第に打ち解けて今風のしゃべり方になった。それに、最

初は白かった羽の色が、今は栗色、瑠璃色から金茶まで複雑に混じり合って、動きとともにさまざまな色を見せる。これが元気な時の色かもしれない。

「ご亭主のハーデースやお母さまのデーメーテールはそれで納得しましたか。二人ともストーカーになってふくろうを追っかけ回しそうだ」

「どうもややこしい話になってきたようですね」と九鬼さんが言った。

「そのらんらんと光る眼に敬意を表して、金色の飲み物をつくりましたが……」

「いただきましょう」と桂子さんが言った。

この夜の特製の飲み物にはどういう仕掛けがあるかわからないが、見たところ、それはオレンジ・キュラソーや果汁の入った鮮やかな金色の飲み物だった。

「バロンかアステカか」と慧君が得意の知識を披露した。九鬼さんはいつもと同じでその飲み物の名前も成分も教えない。

「私にも頂戴」

ふくろうは空いている椅子に飛び上がると、テーブルに置かれたグラスから器用に飲んだ。そのしぐさがどこか鳥らしくなくて猫のミルクの飲み方に似ている。

「こういうことは訊いてはいけないだろうけど」と慧君は好奇心を抑えきれなくなって尋ねた。

「たとえば、あなたはなぜ、今、この世界にいるのか……」

「何だって訊いていいわ。ただ、その質問には答えがないだけ。私の方は気ままに飛び回っているし、それで私が今ここにいるのは、みなさんにとっては偶然ということかしら。ああ、もう酔っぱらっちゃった」

　慧君はふくろうを抱き寄せて膝に乗せた。そしてその意外な軽さに驚いた。考えてみれば、見た目の通り鳥である。一抱えもある縫いぐるみの大きさでも、空を飛ぶためにはこんな風に軽くなければならない。まるで羽毛だけでできていて、骨や筋肉はないかのようだった。しかしそれでいて抱いた感触は、温かい猫のようでもある。慧君はしきりにふくろうの頭を撫で、腹を撫でた。紫色の爪のついた足は猛禽のものとは思えない柔らかさで、足の裏には猫の足と同じ肉球まである。慧君が握るとその足も握り返してくる。ペルセポネーは心地よさそうに眼を細めた。

「不思議な体でしょう」

「何でできているのか見当もつかない」

「実は冥界で食べた柘榴でできているの。あれ以来私は地上の食べ物を食べていない」

「それでこんなに軽いのか」

「そうよ。ほら、こんな具合」と言いながら、ペルセポネーは首を曲げて嘴で自分の羽根を一本引き抜いた。玉虫色の羽根の軸の先には大粒の柘榴の種のような、球形の根のようなものがついている。ペルセポネーは羽根を横にくわえて慧君に差し出した。

「これを食べてみて。きっと病みつきになるから」

「では遠慮なくいただいてみよう」

それは最初柘榴の実を思わせる果実の香りと甘酸っぱい果汁で口中を喜ばせ、次いで淡泊だが複雑微妙な滋味を含んだ肉の味で舌を喜ばせた。ペルセポネーがほかの人にも羽根を抜いて配ると、次々に感嘆の声が漏れた。

「どんな酒にでも合うと思うわ」とペルセポネーも嬉しそうに言う。

「というわけで、私の体は柘榴の種からできあがっているの」

「万物は無数のアトムからできあがっている」と入江さんがつぶやいた。

「さあ、羽根を引き抜いてどんどん召し上がって。私の羽根はいつのまにか生え揃ってくるので、いくらむしっても減ることがないの」

「さすがに聖鳥、いや霊鳥だ」と入江さんがからかうように言った。

「これから私、慧君の聖鳥になろうかしら。お好みに応じてもっと小さくなって、慧君の肩にいつも止まっていられる位になって……」

「心にもないことを」と慧君は苦笑いした。

それからペルセポネーはテーブルに飛び上がると、仰向けになって腹を見せた。腹のあたりの柔らかい羽根と翼の部分の頑丈な羽根とでは、柘榴の味も違うというのである。

入江さんも桂子さんも手を伸ばして羽根をむしりはじめた。九鬼さんは、ひとしきり羽根をむしって自分の皿に盛り上げてから食べている。

「さっきの蜀山人の鶉なくなるではないけど、ふくろうなくなる、ということにはならないでしょうね」

「大丈夫」と酔っぱらったようなペルセポネーの声がした。

「いくら食べてもなくならない」

「それに、いくらでも食べられる」

そう言いながら桂子さんもなかなかの健啖ぶりを発揮していた。

「さっきの鍾愛のことですが」と慧君は入江さんの顔を見て言った。

「つまりこうやってペルセポネーの羽根をむしって、この宝石みたいな柘榴の種を食べるということですか」

「あの子も私のところではこんな芸当は披露しなかった」


月見の宴というよりもふくろうの羽根をむしって食べる宴会がお開きになると、慧君は眠っているふくろうを抱えていって隣の寝室のベッドに寝かせた。頭の下に腕を差し入れて添い寝する。かすかな寝息が聞こえる。人並みに、あるいは猫並みに、このふくろうのペルセポネーも寝息を立てて眠っている。慧君はそれが妙に嬉しくなって、まもなく眠りに落ちた。目が覚めた時、恐ろしく長い時間が過ぎたような気がした。たとえば、自分が生きて死んで、今は冥界にいると思えるほどの……。

「ペルセポネー」と呼びかけると、ふくろうは眼を開けた。慧君は額と額を合わせて、見開いた眼を見つめ合った。二つの満月が金色に輝き、それが一つに合体して広がる。慧君がその満月の眼に溺れかけた時、ふくろうは立ち上がり、翼を広げて別れの合図をした。これからどこへ行くのかと訊くこともできない。勿論引き留めることもできない。相手がもう人語を発してありきたりの別れの言葉をしゃべったりしないこともわかっていた。金色の眼にたたえられた痛切なものが慧君にも伝わってきた。しかしそれにもまして、あのらんらんと光る眼の奥に渦巻いている知恵とか知性とかいうにはあまりにも大きなエネルギーが慧君を圧倒した。

慧君はふと、ふくろうの寝乱れた羽が気になって、全身に優しくブラシをかけてやった。それから窓を開けてやると、ふくろうは山の上に残骸のように浮かぶ月に向かって飛んでいった。月にでも帰るつもりだろうか。この一夜のすべてのことは九鬼さんの幻術の産物だろうか。しかしベッドには抜け落ちた羽根が何本か残っている。慧君はその羽根をしゃぶった。しばらくして慧君の頭に歌が浮かんだ。

われとこそながめなれにし山のはにそれも形見の有明の月

芒が原逍遥記

　秋が終わってまだ冬らしい冬でもないある日の午後の中途半端な時間に、慧君は九鬼さんのいるクラブのバーに出かけた。

「この時間になるとよくいらっしゃいますね」という九鬼さんの挨拶に、

「つれづれなるままに」と慧君は答えた。

「ただしぼくの場合、つれづれというのは、することがなくて退屈で仕方がない、ということではありません。しなければならないことはいろいろあるのに、それには手がつかないので、使い道のない時間をもてあましてしまう、ということです」

「みなさんの場合、大概はそうでしょう。私はしなければならないことが何もないから、退屈するとなれば本当に退屈しますよ。たとえば今もそうですが」

「それなら日が暮れる前にどこかへ出かけませんか」

　慧君はいつもの調子で誘った。といっても、自分では当てがあるわけでもないので、これは半ば、どこか面白いところへ連れていってほしいとおねだりしているに等しい。こんな時の九鬼さんの態度も決まっていて、しぶしぶという様子でもなく、渡りに船と喜んで腰を上げるという風でもなく、木鶏《もっけい》が不意に翼を広げるようにして動き出すのである。

「では」と目で促す時の九鬼さんの目の中に一瞬笑みを見たように感じるのもいつものことだった。

「これはまた、諸国一見の僧にて候、という構えですね」

九鬼さんの羽織っているものを見て、ふと慧君は昔の修験者が着る篠懸《すずかけ》の衣を連想したのである。

外に出ると、枯れ残った芒の野がゆるやかな起伏をなして広がっていた。右手には暗い海が見えて、左には西日を浴びてまだ明るい山がある。

「山は暮れて野は黄昏の芒、という景色ですね」

「蕭条として石に日の入る枯野、という眺めでもある」と九鬼さんが応じた。

この時、慧君の頭に妙な想念がひらめいた。この人は九鬼さんというよりお祖父様ではないか、いや、正確に言えば、これまで九鬼さんと思っていた人物はお祖父様の分身ではなかったか……いや、そうではない、九鬼さんの分身がいつからかお祖父様になっているのかもしれない……何とも根拠のない混乱した思考が頭の中で乱反射し、増幅されるのに困惑しながら、しばらくはよろよろと、ただきまよい歩く気分で、慧君は九鬼さんについて芒の中の道を歩いていった。

九鬼さんにしろ、祖父の入江さんにしろ、その深い記憶の暗闇には意中の女が数え切れないほど棲んでいるにちがいない。これから行く先には、その女の一人が待っているのだろう。そういえば、冷たい風の中でおいでおいでをしている芒の穂は白い女の手のようでもある。

「そろそろ日も落ちる頃ですね」

「この先に知っている人がいます。そこで一夜の宿を借りようと思いましてね」

「なじみの女の一人ですか」

「ちょっとした因縁のある女です」

数え切れない数の女を知って忘れることがないとすれば、その記憶はどうなっているのだろうか。

やがて芒の向こうに見えてきたのは鬼か妖怪変化の棲みそうな陋屋《ろうおく》ではなく、立派なお寺の大方丈に似た造りの山荘の屋根だった。ただ、そこに大勢の人間が住んでいるという気配はない。

銀髪の老女、としか言いようのない人が二人を迎えた。

「ようこそ」と老女は言った。

「今夜はお泊まりですか」

「そのつもりだ」

この二人が旧知の仲で、今こうして久闊《きゅうかつ》を叙すのであれば、老女の顔にもっと大きな動きがあってもよいのではないかと慧君は思った。無表情というのではなくて、毎日のように会っている間柄にある平静さがかえって奇怪である。

「それでは今夜のお部屋を用意しますけど、他の部屋は荒れ果てて、とてもお目にかけられる状態ではないものですから、覗いたりなさらないで下さい。特に二階の部屋は」

これは慧君に向かって念を押したものらしい。

酒食が供される間、二人の話を聞きながら時々質問を挿んで慧君が知りえたことによれば、この老女はさる后で、ある時ものに憑かれて狂気に陥ったので、さる聖人ということになっていた九鬼さんが呼ばれて祈禱し、憑いていた狐を追い出した、しかし今度はその聖人が后の美しさに惑わされてもの狂いとなり、その場で后を凌辱した、そして后といつでも逢えるように、死んで鬼となり、后のところに通いはじめたのだという。

「で、九鬼さんは本当に死んだのですか」

「食を断って死にました。縊《くび》れるのは長い舌が出て無様だし、刃物では血が出てけがれる。まともな鬼になるには断食が一番ですな」

「まともな鬼って?」

するると老女が顔を輝かせて言った。

「こういう鬼ですよ。御覧に入れましょうか」

たちまち老女の体は伸びて二メートルを超え、顔は尖って鬼の顔、つまり般若の面の顔になった。頭にも体にも毛は一本もない。全裸で皮膚は漆黒、目だけが金色に輝いているのが恐ろしい。開けて見せた口の中には尖った歯が生え並び、犬歯は二十センチもありそうな牙となって光っている。王朝時代に考えられていた鬼とはこんなものだったかと、慧君は感心するとともに、それがあまりにも型通りのものだったことをいささか滑稽にも感じた。

次の瞬間に鬼の顔は消えて柔和な老女の顔がそこにあった。老女の口からは綺麗に揃った象牙細工のような歯が覗いている。十代の少女を思わせるその歯並びの方が、なぜか慧君にはさっきのまがまがしい鬼の歯牙よりも不気味だった。これもまた年齢を超えて別の世界に生きている妖怪なのか。

老女の話によると、この鬼がやってくると后はすっかり狂ってしまって、満面に笑みを浮かべて几帳の中に引き入れて、昼夜を問わず、人目があろうとお構いなしに交わって笛のような声を上げげる。それが天子の耳にも達する。

「大変なスキャンダルですね」と慧君はいささか場違いな言い方をしたが、老女は笑ってうなずいた。

「そうそう。大変な騒ぎでした。まわりの者たちは嘆き悲しんで、どこかの聖人を呼んだりして盛大に祈禱もしたようですけれど、少しも効き目がありませんでした。この方は特別強力な鬼だったのでしょう」

九鬼さんは照れくさそうな笑いを浮かべた。

「それで、最後はどうなりました?」

「やがてどちらからともなくそういうことにも飽きたのか、鬼は来なくなりました」

「私もそのうちに疲れて鬼をやめたのです」

「私は憑き物が落ちてもとの后に戻ったというわけで……」

老女はそれで万事決着して「めでたしめでたし」だったかのようにそう言うと、九鬼さんと顔を見合わせて笑った。慧君にはまだ理解しがたい種類の男女の機微だった。

「せっかくこうしてお孫さんもお見えになったことだし、私たちであの頃の拙《つたな》い芸を御披露してみましょうか」

九鬼さんの「孫」に擬せられたことが少々気になったが、断る理由もないので慧君は畏まって拝見することにした。老女は九鬼さんに顔を寄せて、「あなた、鬼になって」と言ったが、それで慧君にもこれから何が始まるのか見当がついた。二人は一度別室に入ったが、出てきた時、一方は月光を浴びた真珠の色の裸身になり、他方は漆黒に輝く裸形の鬼（それは先ほど見せられたものとそっくりだった）になっていた。この二体は、肉におおわれた人間の体というより、木を彫って関節が動くようにつくられた人形のように見えた。

二体は絡み合うと、ちょうどフィギュアスケートのアイスダンスのような動きを緩やかに続け、床の上で、次は空中にも浮かんで、複雑な文字のような形を描いて見せた。虚空に夢幻の字を描くような体の動きは、前衛舞踊にも似ていたが、それは明らかに男女の交わりをあらわしていると思われたので、慧君は自分もこの踊りの中に巻き込まれて一緒に踊っているような興奮を覚えた。女体が大の字をつくったまま宙で回転すると、その股間に薔薇色をした花の内部が見える。股間だけではない。いたるところで関節が開き、連結部の構造が露出される。そしてその構造の内部は薔薇の花の内部を思わせる色である。というのも、この人形のような女体は腕も脚も普通とは逆の方にも曲がる。その時に関節は割れて開き、中の赤い骨髄まで見えるのである。一方、鬼の方は体の構造が違うのか、関節の中が見えたりはせず、黒い煙か影のように、くねくねしながら女体につきまとい、女体を思うままに動かしていると見えた。

　この無限に続きそうな踊りの間に九鬼さんの姿は次第に薄くなり、気がつくと、見えなくなったのか、いなくなったのか、とにかくそこに九鬼さんの姿はなかった。慧君はこの辺で切り上げて老女の住む家の中を見て回ろうと思った。そして真っ先に頭に浮かんだのは二階の部屋である。見てはならないと言われたものはかならず見ることになる。慧君は自分でもそう思いながら、二階の廊下の突き当たりにある扉を開けた。

　慧君が想像していたのは、あの「黒塚」の、「人の死骸は数知らず、軒と等しく積み置きたり、膿血《のうけつ》忽ち融滌《ゆうでき》し、臭穢《しゅうえ》は満ちて膨脹し、膚膩《ふに》悉く爛壊《らんえ》せり」というおぞましい光景だった。しかしこの部屋には膿血も臭気もない。腐乱したものなどどこにもない。そこにはベッドとも手術台ともつかぬものが並び、その上に人体、というよりも死体と呼びたくなるようなものが横たわっている。その数は数十体をはるかに上回る。仔細に眺めると、それは骸骨でもなくミイラでもない。その体形は九鬼さんのお相手をした老女と同じで、骨に最低限の肉が、それも軟質のプラスティックに似た不思議な材質の肉がついた、円筒形の肢体である。動かない裸の人体を見ると、人は思わず死体ではないかと決めてかかる傾向がある。それにしてもこれは死体だろうか、物体だろうか。どちらかといえばマネキンに似ている、と慧君は思った。あの老女と違うところは一つ、これらの人形的な死体、もしくは死体的な人形には首がない。これから頭部を接着すれば完成品の人形になりそうである。

しかしその判断は誤っていた。慧君が人形の一種のように見ていたものは、慧君の手が触れるとともに動きはじめた。その動きは機械仕掛けで動く人形のものとは明らかに違う。手を差し伸べて慧君に何かを求める様子が見える。慧君がベッドの一つに上がると、そこに横たわっていたものは円筒状の肢体を開いて客を迎える動きをした。ここは昔の遊郭のようなところではないか、と慧君はあらぬ想像をした。苦界に身を沈めた女たちの骸《むくろ》が累積して塚をなしているのではないか……女たちに首がないのは、それぞれに鬼である客たちに食われたのではないか……。

それから始まったある種の交歓について慧君の意識はあまり明晰ではない。いつか慧君とその相手はベッドを離れて宙に浮かび、先ほど見た老女と九鬼さんの前衛舞踊と同じ動きを続けているように思われた。他の女たちも立ち上がってこの交歓に参加してくる気配があって、無数の手や脚が空中で離合集散しながら慧君の体にまといつくのは、イソギンチャクの触手に撫でられるような気分である。

このままでは体が融けてしまう、取り殺される、と慧君は叫びそうになった。それでも醒めた意識の一片が残っていて、慧君になすべきことを教えた。慧君は息を詰めて力を蓄えた。それが限界に達した時、倒壊した建物を持ち上げる巨人にでもなったつもりで、気力をこめ、すべてを振り払って立ち上がった。何の抵抗もなかった。女たちの無数の手足も胴もばらばらになって部屋中に散乱した。

後ろ手に扉を閉めると、慧君は女主人のいた部屋に戻った。そこには老女の姿はなく、九鬼さんがすでに例の篠懸の衣という旅支度のできた姿で立っていた。

「そろそろ退散した方がよさそうですな」

「あの方に挨拶して……」と言いかけて気がつくと、ここでも床のあちこちには、ばらばらになった人形の手足のようなものが散らばっていた。

「狼藉も度が過ぎたようで……」と言いながら九鬼さんは散らばったものを拾い集めて、薪でも揃えるように手早くまとめて鞄に入れた。

「長居は無用」

いつになく厳しい口調だったので、慧君も黙って九鬼さんについて外に出た。すでに日は沈んでいるはずなのに、芒が原はいやに明るい。夜明けとも昼ともつかぬ光の中で、いつのまにか海も遠くに後退している。来る時は望遠レンズで見ていた世界を、今は広角レンズで見るような具合である。そのことを九鬼さんに言うと、

「それは私たちがあの鬼並みに大きくなったからでしょう」と九鬼さんが答える。

しかしそんなのんきな問答を交わしている場合ではないことがわかった。慧君の後ろ

から、慧君がばらばらに蹴散らしたあの鬼たちが迫ってくる気配があった。振り返ると、相変わらず無数の芒はおいでおいでをしている。そう見えたのはしかし追いかけてくる鬼たちの姿ではないか。

「坊ちゃんはあの連中に何をなさったんですか」

「例のように歓を尽くしたつもりですが……最後に逃げてくる時は少々乱暴に蹴散らしたようです」

「あれは坊ちゃんのことが忘れられなくて追っかけてくるんです。戻ってまたお相手をしてやりますか」

「もう沢山です」と慧君は強い調子で言った。

「時々訪ねていくのはいいとしても、毎日あそこで暮らすわけにはいきません」

その間にも異形のものたちは、風の芒を吹く音ともすすり泣きともつかぬ声を上げながら迫ってきた。

「こういう時、能ならワキの坊さんが数珠を揉んで鬼どもを折伏するようですね」

「ここは私の流儀でやってみましょう」と言うと、九鬼さんは袋の中から赤い液体の入った瓶を取りだした。そして瓶の蓋を開け、腕を鋭く振って、火のような色の液体を球状にまとめたまま空中に放り投げた。それがゆっくりと砕けて傘の形に広がり、芒が原に降りかかると、たちまち紅蓮の炎が立った。猛烈な火は壁をつくって海から山までを遮断した。

火の壁の向こうは地獄、と思う間もなく、慧君はこちらの世界に戻っていた。目の前にはクラブの扉がある。振り返っても、夕闇の中にいつもの街があるだけだった。

扉を閉めてクラブのある最上階に上がると、バーの止まり木には祖父の入江さんの後ろ姿があった。

「修羅場から生還したみたいだね」

安達が原の黒塚まで行って鬼に追われて……という話をするのは差し控えることにして、慧君は季節外れの野焼きに遭って危うく脱出してきたのだと説明した。

「逃げ遅れて焼かれた女たちもいたようですが、まあ仕方ないでしょう」と九鬼さんがその話を引き継いだ。

「春になると、野焼きの跡からはこういう白い骨でできたリコーダーみたいな形の植物が、土を破って生えてきます」

そう言いながら九鬼さんは袋の中から取り出したものを見せた。女の手首ほどの太さの白い円筒の中には鮮やかな血の色をした髄が詰まっている。九鬼さんはそれを薄く輪切りにした。その断面は不思議な果物のそれに見える。オリーブオイルをかけてサラダにしたものが慧君の前に出てきた。食べてみると筍と慈姑《くわい》の中間の歯触りで、南方の果物の香りとともに甘い肉の味もある。慧君は女を貪り食う鬼の愉悦を理解したような気がした。

それから九鬼さんはいつものように奥に入って特別のカクテルを調合した。出てきたものは赤い液体である。

「さっき芒が原を火の海にしたのがこれですか」

「まさか」と九鬼さんは笑った。

「レストレーションかアディソンといったところかな」

「一つだけヒントを申し上げると、あの髄を裏漉《ご》ししたものを使ってあります」

いつもはあちらの世界に移転するための飲み物かと思っていたが、そうではないのかもしれない。これはあちらの世界を消してこの世界に戻ってくるために必要な飲み物ではないか。窓の外の樹木の動きから、慧君は木枯らしの音を感じた。あの鬼女たちが風に紛れてそこまで押し寄せてきたのではないか。そう思うと妙な懐かしさが湧いた。ということは、あやって火を放って焼き払うかわりに、引き返してあの鬼たちの館に棲みつくべきではなかったか、という後悔が湧いてきたということである。しかし口に含んだ赤い液体を飲み下すと、体の中で火が燃え広がった。

「妄念を焼き払う火はよく燃える……」

この独り言を聞いて九鬼さんと入江さんが同時に小さくうなずいたのを慧君は見逃さなかった。そしてまたも、二人はやはり分身同士なのだと信じたい気持が起こったのである。

桜花変化

行く春を九鬼さんと惜しんでいたわけではないけれども、街の染井吉野が散ってしまった頃の午後、慧君は九鬼さんのいるカウンターに座っていた。目を閉じると、午後の時間は花を浮かべた水のように流れていくのがわかる。その感じだけでも慧君は行く春を十分味わったつもりだった。シェリーのお代わりを頼もうとした時、バーに入ってきた女性が二人。顔を向けなくても入江家の関係者だとわかる。「お久しぶり」という声はいとこの舞さんのものだった。連れの女性は舞さんより年上のように見えるが、慧君はどんな女性を見ても、老女と幼女以外は年齢不詳ということにして、自分より上か下かを気にしないことに慣れている。

「こちら璋子《たまこ》さん」と舞さんが紹介してくれた。この女性がめったにお目にかかれないほどの美女であることを確かめただけで春陽の気分が蘇り、慧君はたちまち爛漫の桜を思った。

「どんなタマですか。珠玉の珠《シュ》？　それとも……」と慧君はカウンターに指で字を書いて見せた。「瑤《ヨウ》？　瓊《ケイ》？　まさか霊《レイ》ではないでしょう？」

「王偏に第一章の章」と舞さんが教えた。

「ああ、待賢門院の璋子」

璋子さんはその「待賢門院」に反応したのか、玉の芯から光を発するような笑い方をした。そして慧君の左側に座った舞さんの左側にではなく、慧君の右側に座ったので、慧君は二人にはさまれる形になった。珍しいことをする女性である。ひょっとすると舞さんが軽くお尻を押してその座り方を勧めたのかもしれない。

「璋子さんはまだ今年の花見をしてないんですって」と舞さんがやや唐突に言うと、璋子さんが優しい声で言う。

「何しろこちらに出てきたばかりなので」

その言い方が慧君には「あの世からこちらへ」という風に聞こえた。

「お顔を拝見していると、頰は桜色だし、耳は桜貝だ。ぼくはここでお花見ができる」

慧君がそんな調子のいいことを言うと、璋子さんはその顔の桜色をわずかに濃くしながら横にいる慧君を見返した。いわゆる流し目というのである。

慧君はこの人の目を見て大脳の深いところに戦慄に近い衝撃波が走るのを覚えた。普通の人間の目ではないものを見たようだった。それは、脳の窓であるその目の奥に、脳というよりも得体の知れない闇があるからだ、と思えるのは気のせいだろうか。あれは妖怪ですぞ、という言葉がそのうちに九鬼さんの口から出るのではないかと期待したが、勿論九鬼さんがそんなことを言うはずもなかった。

璋子さんが席を外した間に、慧君は左隣の舞さんに首を寄せるようにして訊いた。

「どういう素性の人？　どういう友だち？」

「最初の質問にはお答えできませんね。私だって知らないもの。どこでどうして知り合ったかということなら、うちの研究室で出会って。どんな友だちかといわれても、答えられない。私の愛人、ということでどうかしら」

「意味深長な答だ」

「慧君だって私にいわせれば愛人ですよ」

舞さんは澄ました顔でそう言うと、さらに説明を加えた。

「普通は友だちというかもしれないけど、私には友だちというものはいない。愛人と、あとは赤の他人」

「その定義を採用してもいいな。ぼくにとっても璋子さんは愛人ということになる」

「結構かと存じます」

璋子さんが帰ってくると、舞さんは突然居ずまいを正して宣言するように言った。

「それで、慧君とも相談したんだけど、これからお花見というのはどう？」

「ぼくもお供させていただきます」

「お供ではなくてご案内でしょ」と舞さんが訂正した。

「今頃だと山桜ももう終わっているかもしれない」

「でも町中の八重桜を見てもしようがないわ。山へ行きましょう」

「それなら吉野の山荘にでも出かけて……」

「吉野あたりにお祖父様の秘密の別荘でもあるの？」

「あるものと仮定する」

慧君は舞さんにだけはわかる言い方をした。

「なるほど。で、これから変なカクテルでも飲むとその仮定が本物になるってわけね」

舞さんはそう言って九鬼さんにグラスを上げてみせた。それを所望するということだろうが、九鬼さんはその手には乗らず、

「いや、酒宴なら向こうでやることにしましょう」と言うと、そのための酒の用意をしに奥へ入った。

「九鬼さんもその気になったらしい」

四人で外に出る時、九鬼さんは「途中は省略して」と独り言のようにつぶやいた。するとそこが吉野の山並みを見下ろす山荘であったりするのは毎度のことである。これについて舞さんも璋子さんもいっこうに不思議そうな顔をしないのは不思議なことだった。

「これはこれはとばかり花の吉野山」

九鬼さんは大真面目な調子でそうつぶやいた。

「これはこれは」と慧君も繰り返した。「もう花の終わりの吉野山ですね」

するとと九鬼さんは、

「山荘の庭には特製の古木があるはずですよ」と妙な言い方をした。

玄関に掲げられた扁額には、隷書体で右から「吉野山荘」という平凡な名前が書いてある。この山荘には見覚えがあるといえばある。多分、五歳よりも前に連れられて来たことがあるのだろう、と思案してみたが、慧君の記憶はその頃から鮮明かつ正確で、大脳のしかるべき場所によく整理されて保存されている。この山荘に限って記憶が曖昧なのは解せない。十歳の時に、このあたりの似たような造りの旅館に泊まった時の記憶と混じり合っているのかもしれない。

祖父の入江さんと桂子さんが玄関に現れて三人を迎えた。こういう段取りになっていたのかと慧君は納得した。舞さんも入江さんたちがここにいることに格別不思議な顔をしない。二十畳以上ある部屋には、三畳ほどの広さの座卓の下に掘り炬燵があって、そこでお薄を飲んでいる間に、慧君は妙な感覚に襲われた。ここにいる人たちが、お祖父様以下、みなすでに死んだ人たちで、あちらの世界からここに集まっているような気がしてきたのである。しかし頭を上げて外を眺めると、そんな妄想はたちまち陽光の中に消えた。

ガラス戸の先は自然のままのように造った庭があり、その先は崖になって、大小の波を打つ山々が続き、その先は霞の中に消えている。

この庭の主人公は桜の古木、それも見たこともないほどの巨木だった。九鬼さんが言った通りで、間違いなく「特製」の桜である。全体の樹形は茸の形だろうか。あるいはその途方もない高さからいってヒマラヤ杉の形だろうか。とにかく、四方に伸びた枝は空を隠し、その下に別世界をつくっている。それがただの桜ではないのは、見たこともない品種だからというだけではなかった。一見してわかることだったが、この桜には、どの枝にもさまざまな品種の花が入り乱れて咲いていたのである。

「何だか、この一木だけで百花繚乱って感じ」と桂子さんが感嘆すると、

「要するにこれ、桜のお化けね」と舞さんはあっさり片づけた。

「最近のバイオテクノロジーならこんなこともできるでしょう」

慧君はそう言ったが、入江さんはそれには賛成しない様子だった。これは自然に生えたこういう珍しい木だというのである。この時も慧君は、本物のお祖父様ならこんな見え透いた言い方をするだろうか、と思った。

「この木の下に入ると暖かい」

璋子さんが嬉しそうな声を上げた。そういえばこの桜の下には山の上の冷気とは別の暖気がこもっている。無数に集まった満開の花が豆電球のようにかすかな熱を出しているのかもしれない。いや、熱だけではない。花は微弱な光を放っているようでもある。

「かりに寂光という光があるとすれば、これがそうかもしれない」と入江さんが言った。

「ここが寂光土……」

「まあ、そう思うことにしよう」

いつか山々は紫の闇に溶けていたが、この桜の下だけは明るい。どこに照明が仕掛けてあるかと詮索することはやめて、慧君も、桜の花が、昼間の光でもなく夜の人工の光

でもない、影のできない光を発しているのだと思うことにした。

調理場の人、というよりもどこか神官を思わせる衣装を着た人たちが次々に料理を運んできた。桜の下にしつらえられた食卓にそれらが並ぶと、

「乾杯のための飲み物をおつくりしましょう」と九鬼さんが言った。

「やはり九鬼さんの特製のカクテルがないと始まりませんね」と桂子さんが言う。

いつもの手順とは違って、九鬼さんはグラスを用意すると、桜に近づいてかなり太い枝を無造作に折った。どういう折り方をしたのか、その断面は鋭利な刃物で切り落としたようになめらかで、鮮やかな肉の色をしており、透明な樹液がにじんでくるのは出血の有様に似ていた。そのしたたりを大きな水差しで受けると、樹液は白濁した液体となって溜まる。空気に触れるとこういう変化を起こすらしい。それを各人のグラスに入れ分けた。散ってくる桜の花がグラスに入ると、花は簡単に溶けて、乳白色の液体は見る見る桜の色に変わった。九鬼さんは各人のグラスを見渡した。

「できあがったようですね」

「では乾杯」と入江さんがグラスを上げた。

「見たところピンク・レディですね」と慧君が言う。

「味は違いますがね」

そういえば、九鬼さんの特製のカクテルは何をベースにしてあるかもわからないことが多い。見た目はありふれたカクテルのどれかに似ているが味はそれとは違うのである。

「名前は何とつけます？」と舞さんが誰にともなく訊く。

「遅桜、とでもしておきますかね」と九鬼さんが答えた。

「遅桜なほもたづねて奥の院」と慧君が誰かの句を引いた。

舞さんが「お次」を所望すると、九鬼さんは今度はシェーカーに氷のように光る液体を入れて普通にカクテルをつくった。慧君の知識では、こちらはトム・コリンズかオアシス・クーラーといったところか。かすかにレモンの色を帯びている。

「桜でいえば鬱金《うこん》ですね」

「鬱金ほども黄色くないから大島桜」

それからにぎやかな酒宴になった。

「璋子さんといえば」と、入江さんが話しはじめたのは宴もかなり進んでからのことである。「白河法皇の頃、待賢門院璋子という人がいた。法皇が寵愛していた祇園女御の養女にもらったのが璋子だったが、法皇はこの美少女を宝物として、昼間は懐に入れ、夜は添い寝までして愛育した。そしてそのまま自分の女にした。源氏が紫上にしたよりもはるかに巧みにあらゆる手ほどきをしたおかげで、璋子にとって白河法皇は父親にして師にして愛人という存在になった……」

慧君が説明を引き継いだ。

「その後、白河法皇は璋子を藤原忠通にめあわせようとしたが、父の忠実がこの縁談を固辞した。彼は璋子と法皇の関係を知っていて、法皇のお手つきの女性、つまり古女《ふるめ》をいただくのは自分の妻の師子だけで結構、と思ったからです。そこで法皇は璋子を自分の孫の鳥羽天皇と結婚させ、やがて璋子はめでたく中宮に立てられた。しかしその後も法皇と璋子の関係は絶えず、璋子に生まれた男の子は、法皇の子だったといわれています。鳥羽天皇もそのことをちゃんと知っていた。それはそれとして、鳥羽天皇は璋子を愛していた。法皇と天皇、そして璋子の三人で仲良く熊野に出かけたりしている。不思議な関係ですね」

「その璋子を、佐藤義清《のりきよ》、当時は北面の武士、のちの西行が、ある時見て激しく懸想したらしい。義清は自分の手には届かぬ璋子を想いつづけるために出家したのだという説もあるね」

「璋子さんにはまるで関係のない話みたいだけど、面白い話ではありますね」と舞さんが少し酔いのまわった声で言うと、璋子さんの方は平静な微笑を浮かべて応じた。

「昔、そういうこともあったようですね。脳の中に積もった時間の泥をかきまわしていると、いろんな記憶が表面に出てきます。それをうまく再構成すれば、その待賢門院の話も自分のことのように思われます」

「ではあなたは待賢門院璋子におなりなさい」と慧君が言う。「ぼくは鳥羽天皇にでも西行にでもなる」

「私の夫だった人は、私を愛してくれましたけれど喜ばせることはできませんでした。父親にして愛人にして調教師だった人だけは格別でした。西行さんでは両方とも無理だったでしょう」

というような恐るべき発言があったかどうか、酔いで鈍った慧君の耳は正確にとらえることができなかった。慧君に柔らかい手をゆだねながら、璋子さんは、愛人になりたいという慧君の勢いをはぐらかしたようである。少なくとも慧君にはそのように思われた。

魔酒の効き目が現れてきたのか、慧君は桜に異変が生じているのを覚えた。最初に見た時の白い花の色が、今は随分赤みを帯びている。たとえば、夕暮れ時まで「白妙《しろたえ》」の白だった色が、「鬱金」の淡黄色に移り、「普賢象《ふげんぞう》」の淡紅に移り、今は「関山《かんざん》」の濃紅に近づいているように見える。しかしそんな色の変化はまだ序の口で、夜空に広がる桜の一房一房が、よく見るとそれぞれに異なる妖しい女人の顔である。そのことを舞さんか璋子さんに言おうとしたが、二人の姿はすでに見当たらなかった。入江さんと桂子さんもいない。酒宴はお開きになったようだった。慧君はめまいとともに、頭上の花々が女の声で笑うのを聞いた。このままここで寝るのも悪くない、花の下で死ぬことを望むのであれば……

これは西行さんの考えたことだった、と思い返していったんは自分の部屋に戻った。けれども、やはり花の見えないところで一夜を過ごす気にはなれなくて、慧君はまた夜の庭に出た。

雪のような落花が続いていた。巨木の果てしない頂から無数の枝の間を抜け、おびただしい花が降っている。そして桜色の雪のしとねには、それよりも白いものが見えた。

　肉質の象形文字のように見えるのはからみあった女の肢体である。とするとそれは舞さんと璋子さん以外にないではないか。舞さんが璋子さんのことを「愛人」と言ったのを思い出して納得した。愛人同士で行く花見とはこういうことだったのかとも思った。

　慧君のことも「愛人」だと舞さんは言ったのだから、今このなまめかしい象形文字のからみあいに自分が加わることも許してくれるだろうと思ったが、時には行為から得る愉しみよりも観賞から得る愉しみの方が大きいことがある。少なくとも、自分が行為をしている時には、自分と相手の行為の全体をこうして見ることはできない。

　落花の中の陶酔に我を忘れているうちに、愛人たちの姿は消えていた。巨木だけが残っている。黒々とした幹はまわりの闇よりも濃い闇に通じているように思われた。つまりそこが別の闇への入り口になっている様子である。舞さんと璋子さんの姿もその闇の中に消えたのかもしれない。足を踏み入れると、何とも不可解なことに、この桜の中の闇は金色にも見えて、別の視力が働くかのように、すべてが見分けられるのである。これが巨木の内部構造というものだろうか。通路は複雑に分かれて四方八方に延びている。慧君は立体的な迷路の中をさまよいながら、この桜の内部世界にはどこにも中心がないことに気づいて、無力感をともなう陶酔に陥った。金色をした闇の中に花の数だけ女の顔がある。そのおびただしい顔が、形をなさない樹液の体で慧君にまとわりつくのがわかった。この生気を吸い取られるような陶酔は死に近づく時のものかもしれないと慧君は思った。

やがて百歳の翁のようによろめきながら巨木の中から出た時、外にはさっきまでの闇とは明らかに違った薄い闇があった。落花はやんでいた。桜は夜空に数千の奇怪な枝を広げ、今は「関山」よりも濃い血の色の花をつけている。まるで血を吸ってぶら下がっている蝙蝠のようだ、と慧君は思ったが、そのまま花のしとねに横たわって眠りに落ちた。

目が覚めた時は夜が明けていた。体に別状はなさそうである。しかしまわりの様子はすっかり変わっている。落花狼藉という言葉があるが、まさにそれである。あたり一面に花の死骸が積もっている。その一つ一つに女の顔があることを慧君はもはや確認しようとはしなかった。

見上げると、木に残っている花は蝙蝠よりも黒いものに変じていた。幹も枝も黒く花も黒い。これは立ったまま死んだ桜の死骸ではないか。あの黒い花が本物の蝙蝠のように落ちてきたら、と思うと慧君はぞっとした。

どこを見ても人の姿はなかった。第一、庭の向こうにあるはずの山荘がない。いつもあるはずの九鬼さんの姿がない。これが何よりも異変だった。いつもなら戻るはずのところに戻っていないのである。ここが寂光土ならここにとどまるのもいい。しかしそうではあるまい。振り返るとあの黒い桜の巨木も見えない。雪のような落花もない。そのかわりに明るい空から絹糸のような春の雨が降りはじめた。吉野か熊野かわからないが、見えるのは山ばかり。どう考えてもここはただの山の中である。とにかく下界に下りる道を探さなければならない。道らしいものを見つけて尾根を歩いていくと、山の桜は散って若葉が春雨に光っている。このむなしさは何だろう、と思った時、よく知っている歌が浮かんだ。

花は散りその色となくながむればむなしき空に春雨ぞ降る（式子内親王）

広寒宮の一夜

九鬼さんを前にしながら、慧君はふと考えた。死んだ者たちはどこへ行くのだろうか。死者という別のものに変わってどこかで存在しつづけるのだろうか。それなら死者を集めておく世界がどこかにあることになる。たとえばあの月などはそれに恰好の場所ではないか。そんなことを考えたのも、ここに来る途中で建物の間に思いがけない満月を見たせいかもしれない。

カウンターの前に他の客がいなくなった時に慧君はそのことを九鬼さんに訊いてみた。

「われわれは死んだらなくなりますよ」と九鬼さんは当たり前の答え方をした。

「ぼくもその通りだと思っています。でも、九鬼さんは違うのではありませんか」

「違いませんね。私だって、死んだあと別のものに変わって別の世界で存在を続けるわけではない。ただ、その死ぬということが今のところやってこないだけのことで……」

「不老不死ということですか」

「そうではないでしょう。何十億年か先、太陽系に終わりが来る時になっても私が死なないでいるようではいかにも具合が悪い。そんなことは考えられませんね」

「たとえば、九鬼さんは自殺のような形で御自分の命を絶つことはできますか」

「その気になればできるでしょう。問題はその気になることがない、ということでしょうね」

「自殺というと血が流れたり体に毒が回ったり、いかにも凄まじい有様を想像してしまいますが、そんな形をとらなくてもいいはずです。たとえば、ここことは別の死者の世界があるとして、ある時、自分の意思でそこへ出かけていくとか……」と言いながら慧君は窓の外の月に目を向けた。いつになく大きく見える青白い円盤がすぐそこに浮かび、熱のない光を放っている。

「鴉青《あせい》の幕に一団氷《こおり》掛かる。忽然として覚え得たり、今宵の月。楊万里ですが、気がつくとあそこに月が生じている、といった具合ですね」

「そして、元より天に黏《ねん》せずして独自《ひとり》行く、でしょう」と九鬼さんがあとを続けた。

「なるほど。あれはあそこに貼りついているのではない、自分で航行しているというわけですね。そうなると、ここでお月見をするよりも……」と慧君は一瞬思案して、その円盤の形をした月に乗ることを想像した。そのことを言うと、九鬼さんもうなずいて、「変わった趣向のお月見ですね。広寒宮まで行って月見の宴をするのも悪くない」と言う。

　そこでまずはいつものように特製のカクテルをつくってもらうことにする。この夜のカクテルは、薄紫の「ブルー・ムーン」ではない。その色からすると「赤い月」とでも命名すべきもので、紅茶の色に近い琥珀色をして輝いている。似たようなものを慧君はたてつづけに三杯飲んだ。

「ディオニュソス、ゼウス、それにアフロディテ?」

「そんな神々しい名前のものがありましたっけね」と九鬼さんはとぼけたが、自分ものうちの一つを飲んで咽を潤すと、何の旅支度もなしに、カウンターから出てきた。

「えらく簡単ですね」

「道行きは省略しましょう。乗り物はこちらへ呼んであります」

乗り物というのは何のことだかわからないが、慧君はいつになく酔いを覚えながら九鬼さんのあとについて外に出た。

街は月光にひたされている。そして夏とは違う風が冷たい水のように、しかし石のように乾いて、街をめぐっている。その風の流れのままに塀について塀を曲がり、壁について壁を曲がると、そこは秋風の溜まり場のような中庭になっていた。金木犀と銀木犀が対になってドーム形に葉を茂らせ、花の香りを放っている。

なぜかわからないが懐かしさを覚える中庭である。しかし月光を浴びたこの中庭は慧君の記憶の中か幻想の中にだけありそうな空間で、石の塀と建物に囲まれているだけではなく、全体が目に見えない天蓋によってこれまでの世界から遮断されているように思われた。

「あっけないようですが、ここからが月世界です。月の船に乗りたいとおっしゃいましたが、ここで乗船することになります」

いつのまにか、途方もなく大きな光の球体が着地し、その下半分が地面から下に沈んでいる感じである。九鬼さんの術であの月が呼び寄せられて、ここに停泊しているというのだろうか。ともかく慧君は九鬼さんのあとに続いて中庭の一角にある木戸を押した。するとクラブのあるあたりと変わらない街が目の前にあった。何の変哲もない東京のどこかの街のようで、ただ、全体が氷に近い成分でできているかのように透明感がある。

「妙に寒々とした街ですね」

「空気が薄いからでしょう。ここが広寒宮、いわゆる月宮殿です。といっても、月全体が広寒宮なので、よくいわれているようなクレーターも砂漠も実はありませんがね。死者だか幽霊だか知りませんが、人間は街の中でしか暮らせないものですから」

「だからどこかの都会と変わりがないわけですね。人も大勢歩いている。たしかにヨーロッパか日本の都会の風景と変わりはない」

それがわかると慧君は浮き浮きした気分になった。ここでは、死者というよりも慧君の頭の中に収まっている人を訪ねるのに、住所や電話番号を調べ、連絡をとり、面会を約束してからはるばる移動していく、といったことが一切不要である。街の構造や住居の配置がどうなっているのか、会いたいと思った時にその人と出会えるようになっている。ただ、慧君の頭の中に入っている人、知っている人は千、万を超えるので、誰と会うかを決めるのが大変である。

たとえば、いつか九鬼さんが連れてきたことのある麻姑という少女のことを思い出した時にはその麻姑さんが九鬼さんと並んで歩いている、といった具合である。慧君は「やあ」と言って握手し、ついでに猫の足から爪を露出させる要領で例の紫色に輝く爪を露出させてみたが、相手はくすぐったそうに手をひっこめた。

「こちらは初めて?」と麻姑さんが訊いた。

「もちろんですよ」慧君は妙に力んで答えたが、考えてみるとそれほど強調することもないのだった。

　街で出会う人には知っている人が多かった。運河沿いの道を歩いている時、祖父の入江さんと桂子さんの姿も見かけたが、こちらが声をかけなければ向こうも声をかけるということをしない。それがここでは決まりのようだと慧君は思った。いや、それよりも大変なことを忘れていた。お祖父様たちがここにいるということは、いつのまにか死者の仲間入りをしたということではないか。そして自分もまた……慧君は一瞬慄然とした。しかしこの世界の空気の希薄さとあらゆるものの軽さにさえ慣れてしまえば、ここも現実の街と何ら変わるところはなく、ぶらぶら街を歩く楽しさがやがて慧君の頭から余計な懸念をすっかり吹き払った。

「広寒宮の主人といえば、例の嫦娥《じょうが》ですか」

「そうです。しばらく御無沙汰していることだし、ちょっと挨拶してきます」

「それではどうぞごゆっくり。ぼくは亡くなった母に会いに行きます」

「それなら御一緒しましょう。嫦娥のところに行けばお会いになれますから」

「嫦娥って、魔女みたいな恐ろしげな女性ではありませんか」

「そんなことはないでしょう。遊郭の女将みたいに気安い女ですよ」

「玄宗皇帝も楊貴妃を捜してここまでやってきたという話があったような気がする」

「それはどうですかね。あの頃玄宗が道士の力を借りてここまでやってきたという話は嘘ですよ。今なら彼もここにいますが」

「楊貴妃も?」

「もちろんです。何なら呼んでみますか」

九鬼さんはなじみの芸者でも呼ぶ調子で言った。

「結構ですよ。豊満でバターみたいな肌をした女性なんて好みではありません」と慧君は勝手な口実を見つけて断った。本当は楊貴妃にも則天武后にも会ってはみたいが、死者の世界には会いたい女性が多すぎる。恐ろしげな女性は後まわしにして、まずは母上だ。

そんなことを考えているうちに、一段と壮麗な宮殿風の建物に着いた。宮殿というよりも楼閣というべきか、派手な彩色をほどこした軽快な高層の建物で、宮女というよりも妓女のような女性の姿が数多《あまた》見られた。するとここは妓楼なのか。要するにこれが九鬼さんの流儀というものかもしれない。慧君はそんな辻褄の合わないことを考えながら楼閣に入っていった。

九鬼さんは改まって紹介はしてくれなかったけれども、長い渡り廊下の奥の立派な部屋に着いた時、玉座とも王妃の寝台とも見えるところから立ち上がって二人を迎えたのが嫦娥さんらしかった。九鬼さんが何やらささやくと、嫦娥さんも侍女に何やら言いつけた。そして笑いながら慧君の方に目配せした。

「母上があちらでお待ちのようです。それではごゆっくり」

九鬼さんはそんな挨拶を残して嫦娥さんと二人で奥に消えた。慧君は侍女の一人に案内されて階段を上った。何層か上るにつれて、建物の様子が変わり、木の色も清浄な神殿の内部を思わせる雰囲気になった。そして気のせいか、前を歩く深紅の衣裳をまとった侍女も若い巫女のように思える。

「こちらでございます」と言って通されたホテルの一室のような部屋には、今ここに着いたばかりという風情の女性がソファにもたれていた。年の頃はわからない。今の慧君の母親の年には見えない。どうやらこの世界では女性は老若ということがないらしい。さっき見かけた桂子さんも、現実の世界では老女の年齢なのに、若さもないかわりに老いもない年齢不詳の佳人だった。

「お母様ですか」と言うべきか「お母様ですね」と言うべきか、慧君は迷って曖昧に「お母様……」と言った。すると相手も調子を合わせるように、「慧……」と口の中で小さく言った。家族や親しい人はみな慧君のことを「慧君」と呼ぶ。それに対してこの「慧」という呼び方は、母親が小さい子供を呼ぶのにもふさわしい。慧君は誰からもそんな呼び方をされた記憶がなかった。やはりこのひとは母上だと確信できる。もしも「慧ちゃん」と呼ばれたらどうだったか。幼児の慧君はそんな呼び方をされていたかもしれないが、それだとはなはだ居心地の悪い思いをしなければならなかっただろう。

「御主人様からのお届け物です」と別の侍女が運んできた飲み物は、これも特製なのか、月の光のしたたりを集めたような、あるいは月そのものを低温で醸した時にできる液体のような、玲瓏たる輝きを見せている。母上は慧君と向かい合って軽くグラスを上げ、乾杯のしるしをしてからそれを飲んだ。

　慧君がこの母上の服装を意外に思っているのを読んだのか、母上は、

「十二単《ひとえ》に埋まるようにしてお迎えすればよかったのかしら。髪も背丈位に長くして」

と冗談を言った。凧のように透明で特徴のない声である。

「それは飛行機に乗っていた、あの時の服ですか」

「そうよ。こちらに来ると新しい服をつくるということもできないので、どうしても着た切り雀になってしまう」

　愚にもつかぬことを、と慧君は思いかけたが、考えてみると一理あるような気もする。幽霊だって恨みを残して死んだ時の服装で出てくるしかないではないか。普通は死に装束で出てくるのも死んだ時にそれを着せられていたからである。お母様もそれでは可哀相だ、最近のしゃれたものをあれこれと着てみる楽しみもなければ、などと慧君はもっと愚にもつかぬことを考えはじめていた。やはり中国人の考えは正しい。死者を祭って

さまざまのものをお供えするのは、冥界で暮らすのに不自由をさせないためである。慧君は、帰ったら（といってもその帰る先が今は朦朧としていた）母上のために高雅な衣裳を見つくろって届けさせよう、と思った。これまでそんなことをしようと思う相手を知らなかったことに気づくと、眼球が少し湿りを帯びてくるようだった。

しかしこれは本当は誰だろう。もちろん慧君は亡くなった母上の顔を知らない。不鮮明で曖昧な写真でしか知らない。その顔とこの人の顔とが結びつかない。

多くの人の顔をコンピューターで画像処理して「平和の顔」をつくると、それはどこにもないほど端正で特徴のない美人の顔になる。

生きているどんな美人の顔も、目が猫の目に似ているとか、口が大きすぎるとか、平均からの個性的な逸脱があって、そこが人に好悪の念を起こさせ、魅力の源泉にもなっている。人はそういう逸脱や欠陥に魅入られて恋に落ちたりする。しかし完全無欠の美女に恋することは不可能なのかもしれない。

慧君の前にいる母上はその「平均顔」の美人で、生きた能面だった。能面にしては上機嫌の体でほほえんでいたが、ほほえんでもまるで破綻の生じない顔というものはやはり人間離れしていて怖い。

「前に一度お目にかかった時は雪女でしたね」と慧君は独り言のように言った。

「そう。あの時は真っ白な衣を着ていたでしょう。冥界のお仕着せがあれなの」

「それに肌も純白だった」

「雪の中ではなぜか雪のような色になるの。寒さで血の気がなくなると雪女みたいになる。慧君はあんなのがお好き？」

いつのまにか呼び方は「慧君」になっていた。それを慧君は、二人の関係が普通の男女の仲に落ち着いたものと解釈した。このひとはひょっとすると、こういう場所で客を迎える女性なのだろうか。九鬼さんが今は同衾しているかもしれないあの嫦娥さんの同類かもしれない。そんなよからぬ考えがふと浮かんだこと自体、九鬼さんの術中に陥っている証拠だろうと慧君は思い直した。

母上は今、別室でゆあみをしている。慧君の想像によれば、湯船には、月の光がしたたって、というよりも月世界そのものをつくる物質が液化して、熱くも冷たくもない酒のような液体が溜まっている。そこに身を沈めている女体について妄想を掻きたてることを慧君は差し控えた。

慧君には事の成り行きがわかるだけに恐ろしいのである。源氏が通じたのは自分の生母ではなく、父帝の女御である藤壺であった。その行為の恐ろしさと、源氏を生んで亡くなった桐壺の更衣を相手に同じ行為をする恐ろしさとでは、比較を絶している。前者はたかだか父の愛人を寝取ることにすぎない。義母との不倫は人倫というちょっとした約束事を無視することにすぎない。しかし後者はこの世のものならぬものとの交わりである。自分を生んだ母上は、いわば神格をもった女神であり、その肉は、ただの肉と見えて実は霊のようなものでできている。それに触れるだけでも恐ろしい。

その時、ゆあみの部屋から優しくて屈託のない声が聞こえた。慧君を呼んだようである。

「あなたも一緒に入らない？」か、「入ってらっしゃい」か、そんなところで、それを慧君は三、四歳の幼児を風呂に入れようとする時の母親の声のように聞いた。

そこで慧君は幼児になったつもりで裸になった。しかしその戸を開けたが最後修羅場がある、という理由のない恐怖が慧君をとらえた。それでも戸を開けた。そして恐れていたことをはるかに超えて恐ろしいことが起こった。

始まりは、温度というものを感じさせない不思議な液体の中での裸の男女の戯れである。それが進行していくうちに、相手は大きくなり、あるいは逆に慧君が小さくなったのか、抵抗不能な状態に陥って、慧君の体は結合部から相手の子宮の中に吸いこまれていった。つまり出産のビデオを逆回しで見るようなことが起こったのである。

こうして慧君は自分が誕生以前の世界に戻ってしまったことを知った。そういう成り行きは予想することはできなかったし、その暗くて赤い息苦しい空間に安息を見出すことなどできそうになかったので、慧君ははなはだ理不尽なことだと思った。そのまま胎内にいると、次第に小さくなり、爬虫類から魚類の形を経て、ついには消滅するのではないか。慧君は苦しまぎれの知恵を働かせて、九鬼さんに助けを求めた。それを強く念じていると、やがて九鬼さんか誰かが外にやってきた気配がした。胎児の状態におかれた慧君にもそれはわかるのである。しかも、「やれやれ、とんだことになって」というような声まで聞いたような気がする。

次の瞬間、人の丈よりも大きな桃を一気に断ち割るような刃の動きを感じたかと思うと、果肉は切り開かれ、慧君は解放された。まるで帝王切開だ、と思いながらあたりを見回したが、すでに九鬼さんの姿はない。腹を切り開かれて丸木船のようになったはずの女体もない。楼閣も消えている。慧君は広寒宮の入り口にあたる中庭に取り残されていた。無数の花をつけていた金銀の木犀も今は黒い残骸となって、中庭には金と銀の落花が波紋のように広がっている。

今、月は桐の葉の間にある。そのいつもながらの痘痕《あばた》の月面の中に亡き母上やお祖父様や桂子さんたちの顔が見えるはずもないが、九鬼さんを船長とする月の船は、磨き上げた青銅の天空を航行していた。

それにしてもこの空しさ、寂しさは何としたことだろう。絶対零度に近いような、この空気もない世界の寒さは……。

一つの恐ろしい仮説が頭に浮かんだ。それは自分が置き去られたところがこちらの世界だとは限らない、という可能性に関するものである。たしかに、あの広寒宮という月の船、月の乗り物は、死者の住む世界だった。しかし慧君が一人取り残されたここは、死者の世界でもない、こちらの世界でもない、無の世界ではないか。ここには見慣れた街もなく九鬼さんのいたバーに通じる扉もない。いつものようにもとの世界に戻る通路が見当たらない。

月は薄くなりながら天の一角に消えていく。月の光とは違う空しい光がさしはじめる。空無の世界にも夜明けが訪れようとしていたのである。

酔郷探訪

慧君は九鬼さんがいなくなってからは酒を飲むことが少なくなった。したがって酔郷に遊ぶことも絶えて久しくなっていたことに気がついた。

絢爛たる紅葉黄葉の錦が樹木を飾りはじめた頃、慧君は街を歩きながらふと体のどこかに違和感が生じているのを覚えた。自分の体だけが、樹でいえばまだ青々としたまま紅葉の盛りから取り残されているように感じられる。この錦を延べ広げた宴に加わるには多少の酔いが必要ではないか。そう思うのと同時に、先日の舞さんから聞いた話が頭に浮かんだ。

九鬼さんに似た人を見た人がいるという舞さんの話を頼りに、そのバーを探しながら銀杏並木の道を抜けると、それらしい石造りの建物を見つけた。ＭＡＫＩと彫りこんだ真鍮板を見て、これがＫＵＫＩだと話ができすぎているけれども、と思いながら厚い樫の扉を押した。まだ五時前でも、こういう店は秋の早い日没に合わせて客を待っているものである。扉は開いた。どこからか夕暮れ時の赤みを帯びた光が縦横にさしこんでいて、航行中の客船のような空気があった。慧君の好みに従えば、これも本物のバーに欠かせない要素の一つである。

　客はいないし、カウンターの向こうに九鬼さんが立っているはずもない。そのかわりにネクタイを締めた女性のバーテンダーが立っていた。前世紀に使われていた「男装の麗人」という古い言葉が頭に浮かんだ。麗人でも佳人でもいいが、慧君の食指が動くのは端正な美人に限られる。コンピューターでつくられるような「平均顔」の美女というものは、たしかに稀有、もしくは絶無という意味で人間離れしている。妖怪変化とはいわないまでも、あちらの世界にも出入りする女性に共通しているものにその稀有の端正さがある。それに加えて、もう一つの特徴は年齢不詳に見えるということだった。

　その種の女性には、たとえば二十代に見えながら、何百歳かを経た上での二十何歳かに思えるところがある。慧君には、その何百歳かの分が得体の知れない怖さとなる。そして極微量のテトロドトキシンのように体を痺れさせるその怖さこそが慧君を夢中にするものの正体でもあった。自分より年下の普通の少女に関心がなくなったのもそのことと関係している。ほとんどの若い女性はその年齢通りのただの若い女性にすぎない。たとえばいとこの舞さんにも魅力はあるが、この恐ろしい正体不明の怖さだけはない。

「妖怪変化の女でなければ駄目なのね」と舞さんがある時溜息をついたので、

「もう少し年をとれば毒が蓄積してくる」と言ってやった。

「まるで河豚みたいね」

「そうだけど、君が本当に年の功、いやテトロドトキシンを蓄積した女になったら、ぼくにはとても食べられない。舞さんは今なら食べられるし、食べると旨い」

慧君が革張りの椅子に腰掛けると、半透明のカードが差し出された。どんな材質でできているのかわからないが、手触りはごく薄くてしなやかな金属に似ていて、隷書体で「真希」と書いてある。その名刺を見て本人を見た。テトロドトキシンの量はわからない。

「どなたかお探しですか」と真希さんが尋ねたので、

「ある人から九鬼さんというバーテンダーがここにいるという話を聞いたもので」と慧君もいきなり本題に入った。

「知っています、お名前だけは」と真希さんは言った。「この世界では有名な方ですから」

その言い方が慧君は気になった。バーテンダーの世界、あるいはこの業界をさして言ったのだろうか、それだけとは思えなかったのである。まさか、真希さん自身もそうである妖怪変化の世界ということでもあるまい。慧君は愚にもつかない考えが浮動するのを抑えた。

祖父の入江さんがつくったクラブのバーにいたことのある九鬼さん、と説明しかけて慧君はその後の言葉に窮した。九鬼さんのことは誰よりも知っているつもりでいたが、本当は「九牛の一毛」ではないか。九鬼さんのつくる特製のカクテルを飲み、その案内で時空を超えたところにもしばしば行き来した。ただし、この話の詳細を初対面の真希さんに説明することはとてもできない。他人をつかまえて、愚にもつかぬ夢の話を聞かせるようなものではないか。たとえば、この間の広寒宮での一夜、あの時は月がそこ（というのは地上のどこかであるが）まで来て停泊しており、乗船するとそこが広寒宮で、自分は亡くなった母と逢って我を忘れるようなことをしたが、気がつくと月の船は空を航行しており、自分だけが地上に残されていた。九鬼さんもそのままどこかへ行ってしまった、というような話を誰が理解してくれるだろう。しかし結局慧君はその話をしていた。

「そんなわけで九鬼さんは行方知れずになったということです」

「随分まわりくどい失踪劇ですね」と真希さんは笑った。

「単刀直入に言えば、真希さんは九鬼さんと関係のある人ではないか、九鬼さんがどうなったか御存じないか、ということが知りたいわけです」

真希さんは、残念ながら、というふうに口を結んで首を横に振った。

「私はたまたまここのオーナーが他界したあとを臨時に預かっているだけですから」

「その他界って、隣の世界へちょっと遊びに行っただけのように聞こえますね」

「気が向いたらまたひょっこり帰ってくるかもしれません」

「そういう人ですか、オーナーも。九鬼さんもそうだった」

「そういうことです。でもお尋ねの九鬼さんではありません」

慧君を見る時の目から推察するに、どうやら真希さんは慧君のことを知っている様子だった。

「あちこちでお噂は耳に入ってきます。私も今日初めて神童と言われる方を見ました」

「もうそろそろただの人と言われる年齢ですけどね」

「私はそうは思いません。今も正真正銘の神童でしょう」

「つまり、まだ子供だということですか」

「そうではなくて、ギリシアかどこかの神様の隠し子みたいに美しいということです、坊ちゃんは……」と言いかけて真希さんはくすっと笑って口を押さえた。「まあいいとしましょうか、坊ちゃんで。誰かさんもそう言っていたようですから」

「それが九鬼さんの言い方だ。でもぼくの方はあなたをお嬢ちゃんとは言えない」

「それが不公平だとおっしゃるんですか。それなら私も舞さんにならって慧君と呼ばせていただきます」

「舞さんがここに来たんですね」

では九鬼さんに似た人を見たというのは舞さん自身だったのか、と慧君は納得した。

真希さんは慧君の注文を聞かずに最初のカクテルをつくりはじめた。そのシェーキングのしなやかさと鋭さに慧君は目を見張ったが、それと同時に、これまで九鬼さんのシェーキングを見たことがあっただろうかという疑問が浮かんだ。特製のカクテルをつくる時、九鬼さんは奥に引っこむか、背を向けて化学者か薬剤師のように何かを調合した。

最初に出てきたドライ・マティーニは切れ味がよくて、頭の中が冬空のように晴れ上がった。宇宙開闢《かいびゃく》後三十万年、温度が四千度まで下がってプラズマ状態がなくなると、光が通るようになって宇宙は晴れ上がる。あれに似た感じだと慧君は思う。

訊かれるままに慧君は自分の酒歴について話した。

「酒はもともと好きです。小さな頃から味を知っています。飲める体質なんでしょうね。いろんな酒を飲みました。九鬼さん特製の魔酒まで飲んで、人には説明できないような経験もした。それでもまだ酒とは表面的なお付き合いにとどまっているようで、酒の中を泳ぐ酒虫になるというところまでは行かないし、酒中の趣がわかっているとはいえませんね」

晋に孟嘉《もうか》という酒飲みがいた。桓温《かんおん》が孟嘉に「どんないいことがあって酒を飲むのか」と尋ねたところ、孟嘉は「公はまだ酒中の趣を御存じないのでしょう」と答えたという。慧君はそのことを言ったのである。

またある時に、慧君は自分の酔態についてこう説明した。酔いを覚えると、最初は恐ろしく解像度の高い広角レンズで世界を見るような具合で、何もかにもが細かくにぎやかに見える。口がなめらかに動き、一見才気煥発的になる。それからだんだんと望遠レンズの見え方になってくる。限られた部分だけが拡大されて見える。さらに酔いが進むと、焦点が合いにくくなって、像がぼけはじめる。もっと酩酊が深くなった時に、突然、視野の真ん中に穴が開く。それは桃源郷に通じる穴のようなものに当たる。そこから入っていくと酔郷がある。

真希さんはこの説明を聞いてうなずいていたが、かならずしも納得しているようには見えなかった。

「でも、その穴が開かない時がある。九鬼さんの魔酒を飲まない限り、別の世界への入り口は見つからないのかもしれない。そんな時は飲みつづけるしかない」

「陶酔ですね」

「ただし、ぼくは陶酔まで行ったことがあまりない」

次の時、真希さんは、おもむろに言った。

「この間の酔郷とは、本当はあちらの世界のことではないと思いますけど」

「こちらの世界ですか」

「本来そうだと思いますが、薄い皮膜を隔ててあちらの世界に触れるところまで行って、そこをうろうろするのが酔郷に遊ぶということでしょう。ちょうど波長の長い波に乗って漂うように」

「妖怪変化も幽鬼も出てこない……」

「化け物たちは皮膜の向こうにいるものですから」

「その皮膜は絶対に破れないんですか」

「ええ。いくら酔って暴れまわってみても」

すると、慧君がこれまで好きだと思っていたのは酒だったのか、酒が導いてくれる酔郷だったのか、それとも、九鬼さん特製カクテルに案内されて行き来していた魔界、異界、他界の類だったのか……慧君はよくわからなくなった。

ところで、晩秋の雨が続いた頃、誰かの詩にある「連雨独飲」という経験はまだなかったことに気がついた。これは一度やってみたい。ただ、独飲、独酌はいやだ。真希さんと対酌で飲みつづけて陶酔に至るのならいいが、と思って真希さんを誘うと、

「今からそれでは体をこわしますよ」と型通りの挨拶をしたが、断りはしなかった。

「たとえば、若山牧水という歌人などはアルコール依存症というような生やさしいものではなかったでしょう。恐るべき中毒症だ。腐った魚のような異臭を放っていたにちがいない。ぼくはそこまでは行かないと思う。自殺しない人間だということは自分でよくわかっている。だからアル中になるという緩慢な自殺もしない」

「立派なお覚悟をうかがって安心したわ」

「皮肉ですか」

「いいえ。私は慧君とは違って、好きなだけ飲みはじめたら中毒になる人間だと思っています。何しろ、朝の目覚めの酒が一番気に入っていて、それをしないように涙ぐましい努力をしている位だから。慧君は白楽天みたいに卯時の酒なんかおやりにならないの？」

「あの人は朝、目が覚めると六時頃からでも飲んでいたらしい。するとその酔い心地が天地万物の気と一致するような気分になって、何も考えず、日が高くなってものんきに寝ている。今までそういう飲み方をする気が起こらなかったけど、一度やってみたくな

った」

「その時はお付き合いするわ」

「そのためには一晩一緒に過ごさなければね」

そんな話があって、まもなく慧君はこのバーの上にある真希さんの「私室」で飲むようになった。

「この部屋からは銀杏や桜の梢が見える。空中に浮かぶ望楼といった感じでしょう？」

望楼で過ごす一夜は、今はないが空を飛ぶ鯨のような飛行船で月夜を渡っていくような感覚があった。この飛行船の航行を繰り返すうちに冬がやってきた。

冬の間、慧君は雪の日と雨の夜はかならずＭＡＫＩに出かけた。飲み尽くせないほどの水をたたえたダムのように、使い尽くせないほどのお金のダムをもっている慧君は、バーを借り切るという手を使ったのである。

その冬、温泉のある旅館で雪を見ながら対酌している時に、慧君はこれからはいつでも二人だけで飲めるように、あのバーをバーテンダーの真希さんごと買い取りたい、という話を持ち出した。

「それは私を独占したいということ？」

「できるものならね。別の言い方では、結婚しようということになる。しかし結婚と言えばきっと笑うから、言わない。ほら、やっぱり笑った」

「その言葉を言われると脳のどこかがくすぐったくなる。慧君は対酌する相手がほしいんでしょう。そういう相手としては、私、慧君に独占されているつもり。でも私の方は慧君を独占するつもりはないわ。それに結婚はできない理由があります。それについては追々に……」

「まるでかぐや姫に求婚しているみたいだ」

そんなことがあっても、真希さんはいつものように慧君と歓を尽くすことに変わりはない。酔後の真希さんの体はぬる燗をしたように温かくなっている。そしてよい香りがする。節の間に酒の入った青竹を抱いているような感じなのに、その青竹は信じがたいほど柔軟に曲がったりくねったり巻きついたりする。それが真希さんを独占したいと思う理由の一つでもあった。

慧君の頭に竹のイメージがあることを察知したのか、真希さんは突然言いだした。

「『竹葉』といわれる緑色の酒があるの」

「まだ飲んだことがない」

「麴菌《こうじ》に秘密があるのか、できあがった時には緑を帯びているの。今度それを用意しとくわ」

春陽から初夏に向かう頃、その「竹葉」を飲みにＭＡＫＩに来てみるとカウンターが新しくなっていた。アフリカの珍しい大樹の一枚板でできたカウンターというのは見たことがあったが、今度のカウンターは地上にあるいかなる樹のものとも思えない。

「珍しい石ですよ」と真希さんは嬉しそうに説明した。「慧君のようないいパトロンが現れたおかげで、こんなものも奮発できたってわけ」

どういう仕掛けなのか、内部から光がにじんでくるような具合になっている。それに触ってみると室温よりも温かみがある。といっても、生きた人間の肌よりも低く、三十度以下の、死者か冷血動物の肌の不思議な温かさである。肘をついていると、そこが革張りの肘掛けに似た柔らかさを帯びてくるように思われる。

「これは何の石だろう」

「昔、大きな魚が石と化したものだそうよ」

「このカウンター位の？」

「ええ、ちょっとした舟位の」

「ひょっとすると、この石は石魚湖のほとりにあったものか……」

「行ってみましょうよ」

真希さんはいつになくはしゃいだ調子だった。そのためには二人して酩酊しなければ、ということになって、例の緑色の酒を白磁の大杯に満たして飲んだ。餅米か粳米でつくった酒らしいが、日本酒とも紹興酒とも違っている。これは真希さん流の魔酒かもしれないと思った時には頭の中が空っぽになっていた。

その時真希さんは、「酔後の楽しみは限りない……」と歌うような調子で言うと、いきなり靴のままカウンターに跳び上がって横になるというあられもない行動に出た。そして慧君もその真希さんに「さあ」と促されると同じことをするしかなくて、石のカウンターに並んで横たわると、それは意外に広く、ダブルベッドほどの余裕があった。おまけに柔らかくくぼんで快適な乗り物になっていくようだった。石魚が舟になったのだと慧君は納得した。

舟はどこかの湖らしい水の上に出ていった。湖上に舟を浮かべて飲み、酒がなくなると手を叩く。すると背中のくぼみに酒をたたえた石魚が悠々と泳いでやってくる。また酒を汲みだして飲む。こうして月が傾いて色を失う頃にようやく眠りに落ちる。

「そんな都合のいい話はないでしょう」と真希さんは言ったが、もっと都合のいいことに、この舟の底には飲み尽くせないほどの緑酒が積みこまれていて、二人でそれを飲みつづけているうちに、慧君が想像してしゃべっていたのと変わりない状態になった。

舟は湖上に浮かび、漂っているうちに、いつか流れて川に入っている。日本のどこかの川とは思えないほどの水量で、瑠璃色を薄めたような水が、白い雲を映してゆるやかに流れている。川岸は低く、その向こうには原野が広がっており、青く霞んで見える山並みはほんの髪の毛一筋、蘇軾が「青山一髪是れ中原」と言ったあの風景だろうか。

「何もない風景……中原というよりも無何有《むかう》の郷か。荘子はこんなところに大樹を植えてその下に寝ころべばいいと言ったが、その大樹どころか目障りになる木一本ない」

「華胥《かしょ》の国に遊ぶというのもあります」

「それも昼寝のすすめということか」

「よかったらどうぞ」と言って、真希さんは膝を枕に貸してくれた。どうやら、慧君はそこに最上の酔郷を見出したようだった。

舟は川を巡ってまたもとの湖畔に着いていたらしい。舟も石魚の形に戻っていたが、真希さんの姿はなかった。石魚の下から冷泉が滾々と湧いて流れていたのでそれを手で掬って飲んだ。顔も洗った。すると誰かの詩にある通りで、酔いは嘘のように去った。これさえあれば二日酔いなど怖くない。心身爽快になってまず思ったことは、これでまた飲めるということだった。実際、慧君は空腹を満たすためにも無性に飲みたくなって、石魚から緑酒を掬って飲んだ。

この湖からどうやって帰ったのか、それは陶酔の中のことだったので覚えていない。その夜、慧君はＭＡＫＩの扉を押した。そこにはいつものように真希さんが立っているか、あるいは九鬼さんが何食わぬ顔をして立っているか……しかし事態は違っていた。扉は開かなかった。ＭＡＫＩと書かれた真鍮のプレートもなくなっている。そこにあるのは別の建物らしい。

こうして慧君はこれから二日酔いよりもひどく、そして長く続く苦痛の始まりを知ったのである。

回廊の鬼

バーMAKIをバーテンダーの真希さんごと買い取ろうという思いつきは半年経っても頭から離れなかった。慧君は父の会社の不動産取引に詳しい人に頼んで調べてもらった結果、建物の持ち主は手放してもいいとの意向であることがわかったので、交渉して現状のまま買い取ることにした。つまり一階はバーのままである。ただし、真希さんごと買い取ることはできなかった。真希さんの行方はいまだに知れない。自分でバーを経営するつもりはないから、この建物は今のところ、立派なバーつきのまま慧君の住居となっている。真希さんの「私室」だった部屋が慧君の寝室である。その部屋からは銀杏や桜の梢が見えて、「空中に浮かぶ望楼といった感じでしょう」と真希さんは言っていたが、今もその通りだった。そして例年より早く桜の盛りが過ぎて急に散りはじめた頃、空を舞って流れる花びらを眺めながらベッドに寝ころんでいると、建物が飛行船になって空を浮游しているような感覚もあった。

思いがけない届け物が来たのはその四月の午後のことだった。何と、それは真希さんに教えられて飲んだ「竹葉」といわれる緑色の酒で、その酔いに運ばれて酔郷に遊んだのが春陽から初夏に向かう頃だったことを慧君は覚えていた。そこで、甕《かめ》に入ったこの緑酒を囲んで惜春の宴を催すことが即座に頭に浮かび、祖父の入江さんと今はその夫人になっている桂子さんを招待した。あの真希さんを知るきっかけをつくってくれたいとこの舞さんは、都合が悪くて来られなかった。

人の頭部ほどある甕は二階の居間に据えられて、慧君の手で封が切られ、竹の柄杓でグラスに注がれた。

桂子さんが「あら」と声を上げた。甕の履いていた木箱の底に、酒の説明書とともに何やらメッセージの記された紙片を見つけたのである。慧君が受け取ってみると、特徴のない丁寧な字で、「竹葉の酔いを発した頃にお迎えの者を参上させます。ＭＡＫＩ」と書いてあるのが読めた。

「ここにいた真希さんというバーテンダーからのメッセージで、まもなく酔郷へのお迎えが来るようです」

「この家が鳴動して船となって、大河に浮かんで、酔郷へと漂っていく、というわけかね」

酔郷は石魚湖に限られるわけでもあるまい、と思いながら、

「水郷的酔郷かどうかはともかく、真希さんのいるところへ案内してくれるそうです」

「その真希さんって、慧君としばらく一緒に暮らしていた方でしょう？」

「ええ、それが突然行方知れずになってしまいました。ぼくとしては、ああいう女性と

ならいつまでも一緒にいたいと思ったのですが、彼女もどうやらあの九鬼さんの眷属の一人らしい。全女性の平均みたいな何の変哲もない美人だと思っていたら、やっぱり変幻自在、神出鬼没、端倪《たんげい》すべからざる女性です」

「まるで魔女だね」と入江さんが苦笑した。「そんな女を自分専用にしておくのは無理だろう。実はこの桂子さんだってそうだ」

「私は自分の意思で喜んで入江さん専用になっております」

「今のところはね。ところで、この酒はただものではない。その真希さんなる人のつくった魔酒だろう。酔っていい気分になると、顔も手足も新緑の色に染まってくるという仕掛けかもしれない。まずは、この人のように、目のまわりが『楊貴妃』の色になる。それから『鬱金』の色になって最後はペンキ塗りたての青蛙の色になる」

「まさか」と桂子さんは笑った。「カメレオンじゃあるまいし」

入江さんは翁の面がもっと笑ったような顔になって上機嫌だった。

「ここへ来る途中、この人とも相談したが、慧には新築祝いに何かプレゼントしなくては、ということになって……」

「それが、真希さんのような女性のバーテンダーはどうだろうという話になって……」

「そう、この下のバーで慧の専属のバーテンダーがつとまるような……」

「そしてお望みなら慧君と歓を尽くすお相手もつとまるような……」

というようなことを老人たちが勝手にしゃべりつづけるのは、緑色をした魔酒の効験が現れてきた証拠かもしれないと慧君は思った。

「新築祝いなら、この家にふさわしい家具のことでも心配していただければ有り難いのですが。真希さんがほしいと言ってみてもできない相談でしょうから」

「お前には簡単に手に入らないものを贈りたい。自分の家を持って暮らすとなると、家具とともに人間も必要になる。サービスを提供する者、それとパートナーだ。男なら執事。女なら奥方」

「前者が必要なことは認めます。後者についてはまだ結論に達していません」と慧君は真面目に答えた。

「時に、昔米沢の上杉家に伝わる怪しい話の一つに、吉事がある時には黒衣の女が現れるというのがありました。私の直感によると、慧君にも吉事があるなら、まもなく黒い服を着た女性が現れるのではないかしら」

「占いや神託、怪異な兆候といったものは信用しないことにしています」と慧君は困ったような顔をした。「黒くない服を着た男性がやってくる可能性もある。それでも別に気にはしませんけど」

「若いうちは誰しも慧のような考え方をする。占いは当たるか当たらないかだ。気にしなくてもよい。しかし吉凶を占ってもらった上で、その結果を無視するのはよくない。これも昔、上田秋成が『吉備津の釜』で書いた通りだ」

「なるほど」と慧君はその話を思い出して言った。「あれは吉備津神社の神主でしたね。

自分の娘を有力者の放蕩息子に嫁がせる件で、神社の釜を焚いて吉凶を伺った。釜は鳴らず、凶という答が出た。にもかかわらず、この神主はそれを無視して娘を嫁がせた。するとたしかに凶事が起こった……馬鹿な親です。娘の相手に生来のたわけ者を選んだ判断が間違い、釜占いをしたのが間違い、その結果に従わなかったのが間違い。亭主の裏切りで娘が憤死し、その前に生霊が愛人を殺し、死んでからは怨霊となって亭主を殺し、みんな死んでしまう。愚行の連鎖反応みたいなものです」

そう言っているところへ訪問客が現れた。出ていった慧君は、そのバーテンダーの服装をした女性を一瞬真希さんかと思ったが、明らかにもっと年下の少女だった。黒いヴェストに黒いネクタイを締めて、白いシャツを着ていた。

二階から下りてきたお祖父様と桂子さんは顔を見合わせて肩をすくめた。「半分吉か」というのが入江さんの解釈、「判定不能」というのが桂子さんの解釈だった。相手は真希さんのところでバーテンダーの見習いをしている者だと名乗った。

「君のような若い人がその恰好をしていると、バーテンダーというよりアルバイトの巫女みたいに見える。その黒を緋色に変えたら巫女そのものだ」と慧君は軽口を叩いたが、相手は無邪気に目を見張ってお辞儀をして、「これからご案内いたします」と言うので、慧君は急いで身支度を済ませ、三人揃って家を出た。

外には落花と陽光を含んだ明るい風が流れている。道は桜並木で、両側から差し交わした枝がアーチをつくり、桜の回廊が続いている。その回廊には降りしきる雪片のように散る花が舞い、道には厚い中国段通を踏む心地にさせる落花が敷き詰められている。「何事かと思うほど散り急ぐ花だが」と入江さんが天を仰いで言った。「これはこれで珍しい散歩日和とも言える。ながむればいづくの花もちりはてて霞に残る春の色かな」

散歩気分で歩いていく三人の前に立って、案内役らしく生真面目に足を運ぶ少女は、時々遅れがちになる三人を待って立ち止まっては振り返る。昔飼っていた犬は、綱を放して歩かせるとよくあんな風にした、と桂子さんが話した。

「では人間様もあまり遅れないように歩こう」と入江さんが言った。

桜の回廊が疎水に突き当たると、岸に並ぶ桜は、両側から枝を差し伸べて流水に花をまき散らしている。

「こういうところを昔何度か歩いたことがあるわ」と桂子さんが言ったので、

「たとえば哲学の道」と慧君が続けた。

「するとわれわれはもう京都に来て、法然院のあたりを歩いていることになるのかね」と入江さんが言った。

しかし案内人の少女に従って橋を渡ると、桜の回廊はいつの間にか古い木造瓦葺きの回廊になっていた。「ここは？」と慧君が少女の顔を振り向くと、少女は明るい声で「臥龍楼《がりよう》です」と答えた。ただ、観光案内人とは違って、節をつけて読み上げるような説明を始める様子はない。「ではここは高台寺？」と慧君がさらに尋ねた。「よくは存じません」と言って少女は恥ずかしそうに笑った。

入江さんが感心したように唸った。

「どこでもいいが、これはたしかに臥龍楼だ。ただし、高台寺のはこんなに長くはない」

慧君もそれにはうなずいたが、この微妙な曲線を描いてくねくねと屋根瓦を波打たせながら延びている回廊は、恐ろしく長い龍である。人間はその腹中を歩く感じを味わうので、大袈裟にいえばそのまま異界にでも導かれる気分になる。

「長いね」と慧君が言うと、案内の少女は困ったように「すみません」と小さく答えた。

「いや、長いのはいいんだ。蛇も龍も長すぎる位長いのが取り柄だ。どこまで行っても終わりがないほど長くても構わない。真希さんはどこで待ってるの？」

「回廊の終点で」と少女は申し訳なさそうに答えた。「でも、もうあまり遠くはありません」

その言葉とともに変化があった。曲線を描いて伸びていく臥龍楼が、直線的に進んでは直角に曲がる大規模な回廊に変わっていた。床は高く、太い柱が立ち並んで堂々とした屋根を支えながら、向こうの山の中腹に向かい、そこから曲がって斜面沿いに伸びて山の間に消えていくところは、空中回廊というべき偉容である。

「これは大した建造物ね」と桂子さんは感心したように言った。「吉備津神社の回廊を思い出したけど、あれとも違う」

「あれも上り下りのある曲線的な回廊です。こんなのは見たことがない」と慧君も言ってから、また少女に質問した。「それにしても、案内してくれる道はどうして回廊ばかりなの？」

「その方がわかりやすいから、と真希さんに言われました」

「なるほど、それはもっともだ」

答にならない答を、これ以上はないほど明快に答えられて、慧君は思わず横隔膜が痙攣しそうになった。どうやら、これがあちらの世界に通じる一番わかりやすい、素人向きの通路だということらしい。九鬼さんのような特別の術を使う人なら、一瞬のうちにあちらの世界への通路を見つけてしまうのかもしれないが……。

そんなことを考えているうちに、回廊の様子はまた変化して、敷石の広場に面して石造りの異国風の柱が立ち並ぶところに出た。

「こうなったら回廊尽くしで行こうというわけか。今度はギリシア風だね」

入江さんがそう言うと、案内の少女は嬉しそうに、「はい。これは有名なストア・ポイキュレ」と舌を噛みそうな発音で答えた。「色を塗った柱です。この柱廊ではストア派の学校が開かれます」

「キプロスのゼノンですね」と慧君も感心したように言った。「広場から柱廊のあたりに大勢集まっているのは講義を聴きに来た人たちですか。見たところただの観光客のようでもあるが」

するとと案内の少女は覚えていることを読み上げる調子で説明した。

「ゼノンがこういう場所を選んで講義をしたのは、有象無象が沢山集まってきてごった返すのを嫌ったからだそうです。何しろここはかつて千四百人もの市民が死刑に処せられた場所だったといいますから」

「道理でこの人たちは恨めしそうな顔をしている。処刑された人たちの亡霊かしら」と桂子さんが言う。

「まさか。ゼノン先生の講義が聴けなくてがっかりしている人たちですよ」

「ここはさっさと通り抜けた方が無難なようだね。ゼノンは自分のまわりに押しかけてくる人間を追い払うために、わざと金をせびったという。とにかく煩わしい思いをするのがいやな人だった。その点は賛成だ。アパテイア、つまり無感動、無関心というのはいい言葉だね」

入江さんのその言葉にもかかわらず、慧君は柱廊わきに並んでいる屋台のようなものに関心を向けた。

「そこで珍しい飲み物を売っている。喉が渇いたところだから、飲んでみませんか」

色とりどりの果汁のような飲み物には哲学者の名前がついていた。

「プラトン、アリストテレス、エピクロス、ピタゴラス……カクテルにもそういう名前のものがあるけど、どれもアルコールの入ってないやつだ。これもそうらしい」

「私が買います」と案内の少女が言うと、屋台の女に見たことのない銅貨を渡した。

「確かにノンアルコールですな。こんな偉い哲学者の名前のついたのを飲むと、少しは賢くなるかもしれない。御丁寧にアパテイアという飲み物まである」

　不思議な味と香りの果汁を飲んで一服してから、三人は少女を先頭にして回廊の続きを歩いていった。今度は石造りのアーチと列柱の回廊である。修道院の中庭を囲む回廊に似ていたが、そこは人影もなく、柱にもたれて瞑想に耽《ふけ》るか、存在の淋しさや女の舌の甘さを思いながら静かに散歩するのに適したところだった。

　しかし中庭を過ぎると、回廊は複雑な図形を描きながら、次第にその終点に向かって収斂《しゅうれん》を始めた。それは、枝分かれはしないので迷う心配はないが、到達点が見えないという点で一種の迷路に似ていた。折れ曲がる回廊がとぐろを巻くようにして中心に近づいていくこの空間は、全体としてゆるやかな擂《す》り鉢状をなしており、その底にあたるところに拝殿のようなものがあった。すでに夕暮れに近く、低いところまで下りてきた太陽が赤い果物のように熟して、向こうの回廊の屋根にかかって見えた。

「着きました」と少女が言った。

「はるばる来たものだね」

　慧君はそう言いながら、祭壇の前にいる巫女らしい女性に注目した。相手は顔を伏せたままお辞儀をした。真希さんだと思ったが、確信は持てない。あらゆる特徴を洗い流したような顔は真希さんのものだと思えたが、その蠟色の肌は老女のもののようである。小さな声で「アソメ」と名乗ったように聞こえたのは、吉備津神社の「阿曾女」のことだろうか。しかしこの巫女の着ているものは、慧君の知る限り、日本のものでも中国のものでもなさそうで、アポロンの巫女ならこんな姿をしていたのかもしれないと想像した。

「御用の向きは？」と真希さんに似た老女が尋ねたので、慧君は占いのことだと気がついて、とっさに真希さんとの結婚の吉凶を占ってもらいたいと告げた。すると老女は一段高いところに見える、大人二、三人が入れそうな大きな釜を示して、これからあの釜を焚くが、その時牛が吠えるような声がしたら吉、声がしなかったら凶、という決まりを説明した。

「あの釜には何が入っているんですか」と慧君が訊いた。

「何も入っていません」と老女は薄い微笑を浮かべて答えた。「竈の下には鬼の首が埋められております。釜が鳴るのは、その鬼が恐ろしい声を発するからです」

「鬼の首ですか……」

「御覧になりますか」

「いいえ、結構です」

「ここの神様が退治した鬼ですけど、斬られた首がいつまでも死なず、肉を犬に喰わせて髑髏にしましたところ、それでも吠えるのをやめず、今も土の上で火を焚くと唸り声を発するのです」

　老女は呪詞か呪文のようなものを唱えはじめた。古い日本語なのか古代ギリシア語なのか、その言葉は理解できない。しかしその節回しはグレゴリオ聖歌を思わせるもので、老女の声は、あの真希さんが歌ったらこうだろうと思われる美しい声だった。慧君が思わず陶然としかけた時、突然、牛が、というよりもっと凄まじい怪物の咆哮が起こり、釜の中から黒いものが天まで突き抜けそうな勢いで立ち上がった。それは黒い鬼だった。目と口だけが火のように赤かった……と思ったのは一瞬のことで、その黒い人物は普通の人間の大きさに戻って釜から這い出してきた。

「九鬼さん」

慧君とともに、入江さんも桂子さんも大きく口を開けてこの言葉を吐き出した。それにしても、以前のようにバーテンダーの服装をしているのが場違いで妙に滑稽な感じだった。

「御無沙汰しております」と九鬼さんは照れくさそうに挨拶した。「どうしてこんなところへ？」

「九鬼さんこそ何ですか、こんなところで鬼の真似なんかして」と慧君は言い返した。本当は九鬼さんが鬼かもしれないことを知っていたのである。

「いや、こんなことになったのはこの人のお節介でしょう」

そう言って九鬼さんはアソメと名乗った老女を指したが、慧君はその時、この女性がやはり老女ではなくて真希さんで、九鬼さんと同じ服を着た女性バーテンダーに戻ってさりげない顔をしているのに気がついた。

「さあ、いたずらはここまでにして帰りましょう」

九鬼さんがそう言って手を振ると、これまでの回廊は見る間に消えた。というより、引き出してあったコードが掃除機の本体に吸いこまれるような具合に、この釜の中に吸いこまれて消滅したのである。

慧君は大いなる眩暈の中でこの経験をして、それも含めたこの日の午後のすべてが白昼夢であったかのような感覚とともに、今は自分の家の一階のバーに座っていた。全員が揃っている。誰もが何の異変もなかったような顔をして飲んでいる。

「坊ちゃんは何をお召し上がりで？」

「ここは普通のものでいい。魔酒はもう結構。まずはX・Y・Zかホワイト・ローズあたりで」

慧君がそう答えると、九鬼さんは目配せして真希さんにそれをつくらせた。久しぶりに真希さんの目のさめるようなシェーキングを見て、それだけでも慧君は正気を取り戻したように思った。

「時に、例の釜占いのことだけど」と慧君はグラスを目の前に置いた真希さんに小声で言った。「釜は確かに鳴った。ぼくたちの仲は吉とわかったわけだ」

「占いなんかあてにしないとおっしゃっていたのはどなたかしら」と真希さんは片目を細めて笑った。

「慧君、お祖父様のおっしゃった新築祝い一式がこれで揃ったようだけど、お気に召したかしら」と桂子さんが言う。

「有り難うございました。これ以上はない結構なものだと存じます」

慧君は入江さんと桂子さんに深々と頭を下げた。何だかうまく騙されたような気もしたが、満足の方は大きかった。

黒い雨の夜

台風が次々に接近してくる間、雨が降りつづいていた。昼間は雲の切れ目から太陽が覗いても、夜になると濃い闇が垂れこめて、その闇を織るようにして雨が降りしきる。

「この分では月も見られそうにありませんね」と慧君が言った。

カウンターの向こうには九鬼さんが立っており、隣には真希さんがいる。何があろうと最後にはここに帰ってくるのが一番という安定した構図がこれだと慧君は改めて感じた。百年これが続いてもいい、という今の気持ちに賛成してもらえるだろうかと思いながら真希さんの横顔を見ると、こちらは観賞されるままに嫣然《えんぜん》と咲いている花の顔で、

「昨日も雨、今日も雨。慧君は雨に合わせて飲み続けている……」と言う。

「連雨独飲、いや、君がお相手してくれるから、連雨対酌だ」

「仲秋の名月のはずが無月です」と九鬼さんが言った。「こういう夜は、降る雨まで黒く見える。よかったら、今夜の雨にふさわしいものを何かおつくりしましょう」

九鬼さんは例によって奥へ入ると、やがて珍しいカクテルをつくってきて二人の前に置いた。これまで見たこともない漆黒の液体がグラスを満たしている。純粋な闇を搾っ

た汁のようである。ここの照明の具合か、紫色を帯びて輝いているようにも見えた。

「これは何?」

「ブラック・レイン」

真希さんが九鬼さんに代わって答えた。九鬼さんは少し照れくさそうに笑った。そんな意味ありげな名前をつけて呼ぶつもりはなかったのかもしれない。慧君はこれをお代わりして二杯、真希さんは一杯飲んだ。

それから慧君と真希さんは相合傘で石畳の道を歩いて家に向かった。

「好在　どこやらの売酒亭　秋残の疎雨　並木を撲《う》つ　市燈雨に滲《にじ》み　街路暗し　同傘《どうさん》帰り来る　此の際の情」と慧君は細香の詩をもじってでたらめな詩を口ずさんだ。

「……此の際の情」と真希さんが唱和し、からませた腕に力をこめながら慧君の肩に頭をもたせてきた。慧君はひどく感激した。

「江馬細香女史よりも真希夫人がいいね」

「山陽先生よりも慧君がいい」

そんなばかばかしいことを言い合いながら、二人は酔いにまかせて漂うように歩き、ようやく家に帰り着いた。

慧君に異変が起こったのは一連のことを済ませてそれぞれのベッドに入ってからのことである。

最初は世界中が停電になったのかと思った。前夜に続いて『狂雲集』を読みながら睡魔の到来を待っている途中で、急にあたりが真っ暗になったのである。隣の部屋で寝ている真希さんを呼ぶこともできたが、それは思いとどまって、慧君はしばらく呼吸を整えた。そのうちにただごとならぬ異変が起こっていることに気づいた。停電か何かであたりが真の闇になったことはともかくとして、それよりも自分が自分でないものに変わっていることが異変であった。

闇の中で何に変わってしまったのか。どうやら闇が凝縮された不定形の塊のようなもの、それが自分だとわかったのである。まず伸ばすべき手足がない。寝返りを打とうとしたが、反転もできない。身体の自由が利かない。それに目がない。自分の外も闇なのか、闇が自分で、その外には何もないのか、いずれにしても見えていたものが何も見えない。ひょっとすると、自分は死んでしまったのかもしれない。心臓が動いているかどうかもわからないのである。呼吸も、しているようでもあり、停止しているようでもある。

その時、自分の外か内かわからないどこかで彼らがしゃべっているのが聞こえた。彼らとは言うまでもなく九鬼さんと真希さんのことである。今のところそれ以外に考えようがない。彼らは何やら慧君の処置について相談している様子だった。

——困ッタコトニナッタネ。

——『荘子』ニ出テクル渾沌《コントン》ミタイデスネ。

真ッ黒ナ塊ニナッテ……先生、何カ変ナモノヲ処方シタンデスカ。

――ソンナコトヲスルワケガナイ。アレハシャンパンヲ使ッタカクテルダ。真希ダッテアレヲ飲ンデイル。トニカク、コウシテ渾沌化シタ以上、元ニ戻スシカアルマイ。慧君ニ穴ヲ開ケテアゲヨウ。

――何穴ニシマス？

――男ハ九穴、女ハ十穴ダ。コノ際十穴デドウダロウ？

――慧君ヲ女ニスルノデスカ。

慧君はあわてて身体の穴を数え上げた。目が二つ、耳の穴が二つ、鼻の穴が二つ、口が一つ、尿道の開口部と肛門で合計九個、するともう一つの穴といえば膣である。「十個も穴を開けるのは勘弁して下さい」と慧君は声も出ないままに哀願した。「一日一つずつ穴を開けていったら、十日目には死んでしまう」

その意思はどうやってか彼らに通じたと見えて、真希さんの方が言った。

――慧君ハ渾沌デハアリマセンカラ大丈夫。

彼らは早速その仕事にかかった。

穴を開けられるというが、別に電気ドリルを使うわけではない。指で穴を開けている様子である。つまり、慧君は柔らかい粘土か餅のようなものになっていて、手で細工をすることができるらしい。そして困ったことに、穴を開けられることが、くすぐったいような、むず痒いような、えもいわれぬ快感なのだった。なるほど、これなら渾沌とは違って死ぬこともあるまい。

――目ノ穴ハ少々厄介ダナ。ココニハ生キタ眼球デナイト用ヲナサナイダロウガ、何ヲ入レルカネ。

――トリアエズ慧君ノ死ンダ目ヲハメテオキマショウ。

――立派ナ明眸ダガ、コレデハ目ハ見エナイ。

――盲目ノ美女トイウコトデ。

――ナルホド、絶世ノ美女ダ。コレナラアノ一休サンモ夢中ニナルダロウ。

　ここでなぜ一休さんが出てくるのか、慧君にはまるで理解できなかった。

　最後に何本かの手が慧君にとりついて、搗《つ》きたての餅を引き伸ばすような具合に引き伸ばして、手足をつくった。手や足の指は、メスで切れ目を入れ、鋏で切り揃えて形を整えたようである。

「手足のほかにまだ足りないものがある」と慧君は考えた。それもまた彼らに通じたらしい。

――何ノコトデスカ。

「尻尾」と慧君が答えた。

――尻尾？　猫デモナイデショウニ。

　慧君はできることなら真っ黒な雌猫になりたかった。しかしこの希望は無視された。

――髪ノ毛ヲ植エルノヲ忘レテシマッタ。

――眉ト睫毛ダケデモツケテオキマショウ。デナイトオ化ケニナルカラ。

――コレデ絶世ノ美女ノ完成ダ。

「どれどれ、できたかね」という別の声が聞こえた。これはそこにいる現実の人間の声だった。するとこれが一休さんなのかと、慧君は大した根拠もなしに納得した。

「一休さま?」

慧君は細い手を宙に漂わせながら相手を求めた。声は自然に女の声になっている。

相手は慧君の頬を両手ではさんで顔を上向かせた。

「かわいそうに、お前は目が見えないのか。この明眸には空を行く雲しか映っていない」と一休さんは嘆いた。いや、むしろ嬉しくて感極まっているかのようでもあった。

「インドかエチオピアから来た美女みたいだ。薄墨色の肌をしている」

――湯ニ浸ケテヨク洗エバ、闇ノ色ガ抜ケテ白絹ノ色ヨリモ白ク、真珠ヨリモ輝クヨウニナリマス。

別の世界からの真希さんの声が説明した。

「それは面白い。早速やってみよう」

慧君はたちまち抱き上げられて運ばれた。一休さんはなめし革に包まれた木彫りの人形のようで、驚くほど力が強い。

「ここはどこだかわかるかね」

「川の流れが聞こえます」

「そうだ。ここは谷川のそばにある露天風呂だ。ここのお湯は白濁して乳の色をしている」

慧君は、一休さんに後ろから抱かれて、かすかに硫黄の匂いのする湯に浸かっていた。女の体になったといっても、今は相変わらず不定形の大きな塊のまま浮游している感じである。しかしその表面を一休さんの手が優しく撫でまわし、時に何本もの指で強くつかんだりして形を確かめている気配とともに、慧君にも自分の存在の形が次第にはっきりと見えはじめた。見るといっても普通に横に二ついついている目は盲目なので、どこかにひそんでいる縦についた隻眼《せきがん》で見るのである。そうして見えてくるのは紛れもない美女の体だった。

それに、慧君は男である間はこんなふうに全身をなめるように撫でられることを知らなかった。女になって初めて知ったことである。この不思議な快感だけでも、女になったことに突き上げるような歓喜を覚えた。

お湯の中で慧君を後ろから抱きかかえた姿勢で、一休さんは慧君のふくらんだ胸や腹の下の新しくできた割れ目まで手を動かして探索している。洗っているつもりなのだろうと慧君は思った。

一休さんは天然の淫乱で知られている。若い時には近侍の少年を愛した。色白のふとった男の子だと楊貴妃に見立て、浅黒くて引き締まった男の子だと成帝の趙《ちよう》皇后に見立てて愛した。美少年とたわむれている時の老師は禅とは縁が切れて、全身赤黒く光る怪物に変じていたという。慧君は以前この話を高僧伝の本か何かで読んで知っていた。自分ならどちらに見立てられるだろうかと思案したが、わからない。慧君は色白で引き締まった長身だった。しかし今は性転換して女体である。どんなふうに愛されることになるだろうかと考えただけで、慧君は体の中が熱くなった。

「なるほど、こうして洗うと見違えるほど白くなった」と一休さんは感に堪えぬように言った。「闇の残り滓がどんどん溶けだして、白絹の色になるばかりか真珠のつやが出てくる。なぜかこの湯は乳の色に紅を溶かしたような色に変わった。不思議な現象だ」

慧君の隻眼にはその薄紅色の湯が見えた。

「時に、名は何と言う」

「一休さまにお仕えする身ですから森侍者《しんじしゃ》とでも……」

「いい加減なことを言ってはいけない。あれも美女だったが、人間の女から生まれたただの女。お前はそんなものではない」

「化け物扱いしないで下さい」

「美しさが極まれば化け物だ」

「化け物になる前の名前は慧でした」

「いい名前ではないか。慧君と呼ぼう」

「君《くん》とは畏れ多い……慧侍者と呼んで下さい」

「いや、侍者は私の方だよ。私が慧君に仕える。目が見えないのだから私が一切のお世話をする」

確かにそういうことになったらしく、慧君は一休さんに手を取られてその部屋に導かれた。昼夜の別は慧君にはよくわからないが、皮膚の表面に感じる光の強さからすると、それはまだ明るい昼間のことだったように思われる。一休さんは慧君を赤ん坊を扱うように扱って、濡れた体を拭き、しげしげと眺め、愛玩した。

「慧君の足は伎芸天の足にそっくりだ。見たこともないほど端正に指が並んでいる。慧君の胸は弥勒菩薩半跏像の胸がふくらんだような形をしている。私が毎日よく揉んで吸ってあげよう。そうすればもっとふくらんで楊貴妃の胸になる」

慧君は恥ずかしさが全身の細胞から汗となって分泌する感覚に襲われた。しかし汗のようなものを分泌しているのは主としてこれまでもったことのない第十番目の穴だった。そこがどんな構造になっているかは、他の女を見て知っているつもりでも、自分が男の指でいじられてその形と構造を知らされる感覚はまた格別である。九鬼さんと真希さんはうまく彫りこんでくれたのだろうか。

一休さんはそれを観察した結果を詳細に報告しながら慧君の全身に指をはわした。

「淫水を吸わせてもらう」

ああ、そんなこと、一々言わなくてもいいのに、と慧君は思ったが、そう言われることで我を忘れそうになり、本当はその種のことをもっと言ってもらいたいと願っていた。

「水仙の花の香りがする。あるいは桂花の香りか。このことはいずれ詩に書いておこう」

そこからあとのことは、男の時の自分がしたことを今は女になってされているのが二重写しになってよくわかり、快感も倍増するように思われた。慧君は歓喜の声を上げた。それも女の声で。

一休さんは事後の愛玩を続けながら訊いた。

「お前はどこから来た」

「宇宙滅亡後の宇宙から」

「小癪なことを言う。では宇宙滅亡後の時間は？」

「宇宙誕生以前の時間です」

「自分の尻尾をくわえた蛇か」

「自分で自分を呑みこんで消滅する蛇」

「喝、と行きたいところだが、ここは棒をお見舞いしよう」

そう言うと一休さんはまた棒になって慧君の中に侵入した。

こうして日夜一休さんにかしずかれ、舌と手で愛玩され、棒をもって天上の陶酔にまで持ち上げられて、それらが切れ目なく繰り返される間、慧君は夢うつつの境を漂っていた。

「喝の代わりに口づけ、棒の代わりに肉の鉾ですか」

「その通りだ。私の流儀ではこれが修行でもある」

「私の中にも外にもいつも一休さまがいます。今では一休さまが私か、私が一休さまなのか、わからなくなりました」

「いい境地に近づいている。いずれ私は慧君に吸収されて、無となる。すると慧君も無となる」

「早くそうなりたい」と言って慧君は全身で媚態を示した。

ある日、慧君は昼寝をしていた。顔を右腕に乗せ、脚を曲げ、丸くなって猫の姿勢で眠っている。その間にも慧君の裏側に目覚めている元の慧君が、一休さんの接近を感じる。一休さんが美人の寝顔を眺めているのがわかる。芙蓉の花に顔を近づけるようにして……。

慧君は今眠りから覚めたふりをして、日頃気にしていることをとうとう口にした。

「一休さま、私に子を授けて下さるのではありませんか」

「私の子が欲しいのか」

「欲しい。一休さまの子を生みたい。だけど怖い」

そう言って慧君は、体を柔らかくしてしなだれかかった。女になってからは今までしなかったことをいろいろとやってみるのが楽しみであった。

「何人もの女に流産させたことがある。私の子は普通の人間の子にはならない。大概は鬼か化け物が生まれる。今度もそうなったら、その子は私が食い殺す。とはいうものの、慧君には玉のような女の子を生んでもらいたい。今度はそうなるような気がする」

そこで慧君は一休さんを迎え入れて子供が生まれるためのことをした。そんなことを繰り返しているうちに、さすがの一休さんも慧君に注ぎこむ毒液の補充に窮するようになったのか、その棒の活動にもいささか元気がなくなってきた。

「しばらく勘弁しておくれ。慧君はすでに妊娠している。私の目にはおなかがふくらんできたのがわかるが、慧君にはわからないのか」

そう言われてみれば、体の中にあるかなきかの異物の存在を感じるような気もする。数日後にその感覚がもっと確かなものになった時、慧君は思わず快哉を叫んだ。女になってから最大の快挙である。慧君は、以前一休さんが気休めに言ってくれた通りに、玉のような女の子を生むつもりになっていた。

臨月が近づいた頃、一休さんは何かと外出することが多くなったが、ある日、慧君と一休さんの身の回りの世話をしてくれる小僧がこんな話を聞かせてくれた。

「先生は町に出て、おれはいよいよおさらばする日が近づいた、と言いふらしておられます」

「成仏なさるのですか」

「今の体のままで成仏するというのでしょう。町の人々は争ってあとをつけていきました。すると先生は、今日はやめた、と言って帰ってくる。それをここ三日繰り返したのでもう誰も信用しません」

「では、そろそろ明日あたり決行するおつもりではありませんか」と慧君が言った。

それがその通りになったのである。

翌日も一休さんは自分で棺桶をかついで町へ下りていった。誰もついてこないのを確かめると、棺桶に入り、通行人をつかまえて釘を打ちつけてもらった。その話が伝わって、大勢の人が駆けつけてきた。そして蓋を開けてみると……。

「何もありませんでした。先生は消えてしまったのです」と小僧は憮然として言った。「全身脱去して別の世界に行ってしまったのです」

慧君は自分でもよくわからないことを言いながらほほえんだ。実をいえば、もっと別の種類の笑いが爆発しないように、差し障りのない笑いを洩らしたのだった。「お逃げになったのね、先生」――本当はそう言いたかったのである。

出産が近づくと、慧君は再びあの漆黒の闇の塊、つまり手足も穴もない渾沌の状態に戻ったような気分だった。もう一度彼らに登場願って、今度は渾沌の腹を思い切り切開してもらわないとどうにもならない。慧君は虫の息で喘ぎながら真希さんの名を呼んだ。九鬼さんの名も呼んだ。しかし彼らには聞こえないらしかった。こうなると、帝王切開ではなく、普通に分娩するしかない。

その時が来て、慧君のお産が始まった。それは巨大な隕石でも排出するような感覚だった。この異物の通過によって穴は極限まで広がり、破れるべきところは破れ、血がほとばしった。しばらくの間気を失っていたらしい、と気がついた時にはすべてが終わっていた。

慧君は、かたわらにいるはずの赤ん坊に乳を飲ませなければ、と思った。そして抱き寄せてみると、余りにも大きな裸の赤ん坊だった。それは赤ん坊ではなくて、いつのまにか同じベッドに寝ていた真希さんだった。

　こんな時、慧君の意識の切り替え速度は速い。慧君はたちまち自分が赤ん坊になって真希さんの乳首をくわえた。真希さんは小さな声を洩らして体を震わせた。やがてその気になったようで、慧君の屹立した塔を淫情の風がなぶり、次いで柔らかな掌と指が塔を握る。これによって慧君は、ついさっきまで女であったはずの自分がいとも簡単に男に戻っていることを知った。

「悪い夢でも見たのでしょう」

「恐ろしくて楽しい夢だ。どうやらブラック・レインのせいらしい」

「ただの飲み過ぎかも……」

　その件はまたあとまわしにして、慧君と真希さんは、朝の光の中でいつもの交歓を行うことに熱中した。

　こうして慧君の黒い雨の夜は明けたのである。

春水桃花源

春の朝寝は真綿にくるまっているような気分がする。しかし暖かい眠りの繭から出て、かたわらに真希さんがいないのに気がつくと、片腕がなくなっているような感覚があった。真希さんはメモを残して、九鬼さんのバーを手伝いに出かけたらしい。そこで慧君も昼頃顔を出してみた。

「例の魔酒のレシピでも教わっているの？」と慧君はカウンターの向こうにいる真希さんをからかうと、真希さんは口に笑いを封じたまま首を横に振った。

「それより、いいものをつくってあげる」

慧君は久しぶりに真希さんがシェーカーを振るのを見た。赤くて、ジンやグレナデン・シロップの味がする。慧君はピンク・レディあたりかと見当をつけた。そしてその色から桃の花が頭に浮かんだ。

「どこかへ桃の花でも見に行きたい気分になった」

出てきた九鬼さんも交えて、そのことでしばらくとりとめのない話をする。

「桃を見にいらっしゃるのなら、何といっても桃花源ですか」と九鬼さんが言う。

「これを飲めば武陵の人になれる、ということですか」

「いえ、そんな仕掛けはありませんがね」

もう一杯所望すると、真希さんが、今度は何やらステアして、渋い緑色のカクテルを出してきた。シャムロックらしいとわかった。

「慧君の舌は特別で、どんなにシェイクしても、カクテルに使われているお酒がわかるんです」

「そのようですな」と九鬼さんもうなずいた。

「でも、九鬼さんの魔酒のレシピだけはまるでわからない。今日のも九鬼さんの指導の下でできあがったものだとすると、どんな効能があるのやら……」

「春の長い日を、ひねもすあの世この世と馬車を駆り……」

九鬼さんがわけのわからないことをつぶやくと、真希さんがあわてて説明した。

「今日のカクテルは長い春の日みたいにのたりのたりと効き目が続きます」

それから間もなく、「ではどうぞごゆっくり」という声に送り出されて建物から出たので、今日の真希さんは慧君と行動をともにするつもりがないことだけはわかった。それにしても「ごゆっくり」とは妙に意味深長ではないか。

そう思いながら少し歩くと、たちまち景色は開けて、春の野が広がり、菜の花の間をゆったりと流れる一筋の川が光っていた。春の風も霞を含んで艶を帯びているように感じられる。その風に包まれてしばらく土手の上を行き、それから水辺に下りていった。

枯れた蘆の間に頭を出しはじめている虎杖《いたどり》の群生があった。

このあたりでは川は浅く、はだしになれば歩いて渡れそうだった。見渡す限り橋はない。これはいいことだと慧君は思う。こうして橋のない河原にいて、やがて日が暮れようとするまでの時間を無為に耐えるのはどんな気分だろうか。夜の川は黒々と増水して河原を洗うのではないか。

とにかく川を渡ることにした。春の水はさすがに足に冷たいが、春光をたたえて目には温かい。向こう岸に渡って、陽炎に揺れる石の河原に腰を下ろした。足を乾かしているうちにお尻の方が暖まってくる。見えるのは流れるともなく流れる春の水と野原だけで、霞の向こうにも眺めをさえぎる無粋な山はない。これもいいことだと慧君は思った。

その時、目の隅に水鳥の動く気配を覚えた。と思ったのは錯覚で、若い女が白い脛《はぎ》を出し、脱いだ靴を両手にぶらさげて、水を渡ってくる姿が見えた。水鳥にしては危なっかしい足取りである。慧君の川渡りを見て、これなら大丈夫と思ってあとを追ってきたらしい。目が合うと、相手は嬉しそうに水をはね散らしながら慧君の方に向かってきた。夏の川でなくても、はだしになって川を渡るのは嬉しいものである。

白い脛の水鳥が並んで腰を下ろした時、慧君は鞄からハンド・タオルを出すと、もう一方の手で濡れた足首のあたりをつかまえた。鷺かフラミンゴか、水鳥の脚を握ったような感じがした。

「水かきはないね」と言いながら足を拭いてやると、相手は抵抗もせずに、

「何でそんなことをするの?」と言った。

「水鳥みたいに川を渡ってくる君を見ていて思ったのは、容姿嬋娟《せんけん》。つまり、あでやかで美しいということ。そして癡情可憐《ちじょうかれん》。セクシーな様子が何とも可愛いということ」

「チジョウカレン。それって、返り点がつくんじゃない?」

「よく知ってるね。本当は癡情憐れむべし、だろう。憐れむといっても、可哀相だということじゃない。可愛がることだ」

相手は当たり前のような横顔を見せながら川の向こうの野と空を眺めた。それからいきなり慧君の年を訊き、つづいて名前を訊いた。慧君が答えると自分も名前を教えた。

「久実《くみ》。ミの方は『美しい』じゃなくて『実がある』のミ」

「でも本人は美しい」

「ヨウシセンケンってことね」と久実は笑った。「時に、慧君はこれからどこへ行くの?」

「どこへ行こうか。背の低い馬にまたがって、霞を連れて土手を行くのも悪くない。行き先は桃花源」

「トウカゲンって何?」

「川のどこかの岸に桃の林がある。竹林もある。その向こうは畦道のような小さな道が入り組んでいる。点々と茅葺きの家があって、炊事の煙も上がっている。犬や鶏や山羊の鳴き声が聞こえる」

「遠いところのようね」

「遠いといえば遠い。まあ、ここことは別の世界だからね。君はどこへ行く?」

「私はただの里帰り」と久実さんは言ったが、どうやら休暇をとって親もとに帰ることをそう言ったらしい。その姿や態度からは嫁ぎ先から里帰りする人のようには見えない。

「私の家はここから川を下ってそう遠くないところ。でもやっぱり遠い。この堤を延々と歩いていくの。大体、故郷は遠きにありて思うもの、なんていうじゃない?」

「それでも本当は帰りたい?」

「帰りたくもあり帰りたくもなし。それで足が抵抗して、ここいらで春の水を見ながら逡巡しているってわけ」

「むずかしい漢語を使うね。足が逡巡するようなら、いっそ舟に乗って春の川を下って行こうか」

　川下りの舟なら乗り場を知っていると久実さんが言った。

　石垣の下に、古びた伝馬船が一艘、横づけになっているのが見えた。頰かぶりした船頭が人待ち顔でもなくぼんやりと煙草を吸っている。久実さんが下りていって、顔見知りのような調子で何やら交渉した。

　船頭が櫓を操って舟を流れに乗せる。舟は動くともなく春の光と水の境を滑っていく。突然、慧君はあらぬ想像が浮かんで笑い出しそうになった。川の真ん中まで来たとたんに久実さんの態度が一変し、船頭も一緒になって慧君を脅す。そして慧君は身ぐるみ剝がれて川に投げこまれる……。

「何か変なことでも考えているんじゃない？」と久実さんが慧君の目を覗きこんだ。

「実はね」と慧君もとっさに頭に浮かんだことに尾ひれをつけて言った。「この川はまもなく左から来た川と合流する。それから太くなって、満々と水をたたえて海に注ぐ。その川の姿から、股を広げて仰向けに寝ている女の体を連想したってわけ」

「わかるような気もするけど、やっぱり変な話だわ。それになぜか、私の父の家はその股のつけねのところにある」

「お父さんだけ？」

「母はいない。とっくの昔に死んだということになっているけど、本当は逃げたんじゃないかと思う。まあ、父もあんな変人だから逃げられても仕方がないかも」

「ひょっとすると、君のお父さんは俳人じゃないかな」

「ハイジン？　足腰立たないわけではないけど、どこかが壊れていることは確かだわ」

「そのハイジンじゃない。俳人。俳諧をやる人。俳諧師」

「ハイカイはしない。そのかわり暇があれば寝ている。でも、時々鬼たちが集まって、シンポジウムみたいなことをやるって話も聞いたことがある」

「シンポジウム。シュンポシオン。酒を飲みながら談論風発するわけだ。いや、ひょっとすると歌仙を巻くのかもしれない」

「みんなでクダでも巻くの？」

「連句だよ。集まった人たちが順繰りに即興で三十六句つくる」

「そんな趣味があるとは知らなかったわ。私が知る限り、寝るのが趣味の人なの。いつだったか、生活を単純化した、と手紙に書いてきた。妙に感心しちゃったけど、よく読んでみると、単純化って、何もしないで寝てばかりいることだって」

「寝たきりになったんじゃないだろうね」

「まさか。体はちゃんと動くし、年寄りにしては食欲も色気もあるわよ。今でも私と一緒にお風呂に入りたがる」

「入ってあげるの？」

「うん。前も後ろも洗ってくれる。というか、洗わせてあげるの」

「親孝行だね」

慧君は本気で感心した。こんな父親は只者ではない。

二つの川が合流するところで、土地はなだらかに盛り上がって、目の覚めるような桃の花の林が岸を縁取っている。その向こうに竹林が見える。あの奥に父の家がある、と久実さんが教えた。

慧君は、川渉《わた》り来る人もある桃の宿、という誰かの句を口に出した。

船頭に言って舟を浅瀬に止めさせた。そこから岸までは、靴を脱いで、手をつなぎながら足首ほどの水の中を渡ることになる。

「恋めきて男女はだしや春の水」と久実さんも俳句のような言葉を口にした。さっきの

「逡巡」もそうだが、こういうところがどうもよくわからない。誰かが化けているとするとすると、その正体は誰だろう。そんなことが頭に浮かんで思わず逡巡する慧君の手を久実さんが引っ張った。

桃の林は数千の灯りのような花をつけて、あたりの空気を薄紅色に照らしている。

「桃の時期、ここは春雨が強く降っても明るい。たくさんの灯がともっているみたいで」

桃の林が尽きると深い竹林になっている。「幽篁《ゆうこう》」という言葉はこんな竹林を指すのだろう、と慧君は思ったが、そのことは言わなかった。またここがこの川を仰臥する女体と見た時の秘部を飾る柔らかい陰毛に当たるという思いつきも口にしなかった。昔なら、竹林に囲まれた遊里でもありそうなところである。いや、ここにはその昔遊女の宿があったと聞いたような気がする……。

竹林の中の小径は一軒の小さな旅館か料亭のような家に至って尽きた。昔の山水画に出てくる草庵とは違って立派な建物である。

久実さんは「ただいま」と華やいだ声を出して玄関に入った。応接間のようなところに着物を着た老人が座っていた。老人と見えたが、よく見るとそれほどの年齢ではない。頭巾をかぶって宗匠風に見えるせいかもしれない。思った通りの俳諧師だと慧君は妙に感心した。どう挨拶していいかわからないので、河原で出会ったお嬢さんに付き添って参りました、というようなことを言った。

「お嬢さん、ですか」

相手はそう繰り返して笑みを浮かべた。あの娘をお嬢さんとは笑止、という態度である。しかしすぐにまた父親らしい顔に戻って、まずは娘と同道してくれたことに礼を述べ、それから手伝いの女性を呼んで、早速酒宴の用意をさせた。

飲みながら話しているうちに、老人は久実さんのことを、さる商家に嫁いだが、家風に合わず、不本意な結婚生活をしているという風に見ていることがわかった。それが事実かどうか、慧君にはわからない。久実さんもそのことで愚痴をこぼしたり訴えたりする様子はない。慧君の最初の印象では、久実さんは独りで働いていて、それも客を相手にする仕事をしている女性のように見えた。もっとも、自分でバーをもってバーテンダーをしていた真希さんにはそういう仕事をしている女性らしいところがまるでなかった。久実さんは逆に、人妻でも学生でも、水商売の人のように見えるのかもしれない。

酒が進むにつれて、老人は久実さんの身の上をしきりに憂え、愚痴をこぼしたり、説教めいたことを繰り返したりした。しかしそれがすこぶる淡々としていて、俳文でも読んでいるような調子なので、酒の邪魔にはならない。むしろ淡味の酒肴に似て酒によく合う。

慧君が適当に相槌を打っていると、久実さんが慧君の耳に顔を寄せて一言、「慈父の愛」とささやいた。

老人が席を外した間に慧君は、

「それにしても、お父さんはぼくのことを君の旦那さんか恋人のように思っているんじゃないか」と言ってみた。

「そのようね。どっちにしましょう?」

「それなら旦那さんの方を演じてみたい」

「面白いけど、父は私の夫がマザコンでインポテンツのインテリバカで、舅姑は爬虫類的俗物だと思っているから、慧君がその旦那さんでは辻褄が合わない。慧君は、不幸な人妻の私をさらって逃げてきた恋人ということでなくちゃ。〈Someday my prince will come〉の王子様といったところね」

「よくありそうな話だけど、それで行こう」

　老人が席に戻ると、二人のこの話をすっかり聞いていたかのように、意味深長な笑みを浮かべて盃を口に運ぶと、さっきからの話の続きのようにこう切り出した。

「古人の句に『やぶ入や琴かき鳴らす親の前』というのがある。娘が帰ってきた時に、琴の腕前が少しでも上達したところを親に披露しようというわけですが、お前は琴をやらないから、ここは一つ、床上手になったところでも見せてもらいたいものだね。この方に琴を抱いてかき鳴らしていただけばいい」

　普通なら驚倒するところだったが、昼過ぎのあの「魔酒」の効力がまだ続いていたのかもしれない。慧君は自分がその話に仰天しないことに軽く驚きながら、もっともな話だと納得したのである。この子の悦ぶところを見せていただけないだろうか、というわけだった。慧君は思わずにっこりして、横にいる久実さんにだけ聞こえるように、「これも慈父の愛」とつぶやいた。久実さんが酒のせいではなしに頬を赤らめたのを見て、慧君は琴を弾くことができるという自信を得た。

その夜、二人で風呂に入った時、慧君はまず久実さんを膝で支えて仰臥の姿勢で湯船に浮かべ、春霞の中の川を頭に描きながら戯れた。そして「幽篁」のあたりは、竹林が変じて柔らかい春草となっているのを手で確かめた。そうやって弾いてみると、この琴は驚くほどいい音色で鳴ることがわかった。

その琴の音は寝室でも続き、久実さんは蛇行する川のように体をうねらせ、最後は長く伸びて、両手を上げ、頭の方から海に溶けていきそうな様子を見せた。慧君は川下りの感覚を楽しみ、川を制覇する喜びを味わった。

こうした一部始終を老人は俳諧師の顔をして余さず眺めていたのである。慧君の気がつかない間に、頭の中で筆を動かしていくつか句を書きとめたのではないだろうか。

慧君は歓を尽くしたあと、久実さんを説いて、父親の側に行って寝るようにさせた。誰かの句にある。藪入の寝るやひとりの親の側。

久実さんは恨めしそうな目をしながらも、どこか嬉しそうだった。と慧君はその時は思ったが、本当はどうだったかわからない。

翌朝、目が覚めた時、竹林を軽く打つ雨の音が聞こえた。窓を開けると、雨はかなり強く降っていたが、竹は濡れて光り、空は意外に明るい。春雨の先に淡黄色の太陽が浮かんでいるように見える。

昼前に雨はやんだ。起きて動く人の気配はない。慧君はこのまま竹林の宿を抜け出して、川下りの後半を続けることにした。

川岸まで来た時、嬌声とともに桃の林を抜けて追ってくる久実さんの姿が見えた。前日の「容姿嬋娟、癡情可憐」の娘に戻っている。

「お父さんはどうした？」

「寝ているわ。あのまま日が暮れるまで寝ていると思う。何しろ単純な生活だから」

「そうだろうと思ったから、悪いけど、御挨拶は省略した」

「いいわよ、そんなの」

そう言いながら、気のせいか、久実さんの長い睫には春雨の雫とは違ったものが光っているように見えた。まさか君はあの人を片づけてきたんじゃないだろうね、と慧君は頭の中で叫びそうになったが、口には出さなかった。いや、そうではあるまい。あの老人はこの世に抜け殻だけを残して、どこかへ行ってしまったのではないか。昨晩から見ていたものすべては幻で、あの老人は最初から死人だったのかもしれない。

「でも、お父さんを放っておいて逃げ出すのはどうかな」

「親よりマイ・プリンスが大事。あの人はお父さんなんかじゃないということにしましょう」

「だとすると、君の正体は？」

「私を何だと思っているの？」

「たとえば狐。あるいは妖女の類。妖女なら何人か知っている。君もそのうちの一人かもしれない。そういうことにしておこう。で、これからどこへ行こうか」

「次の桃源郷。今度はもっと賑やかな桃源郷がいいわ。慧君のいう鶏や犬や山羊の鳴き声、それに人の話声も聞こえるところ」

「おまけに歌舞音曲の響きもね」

「私はそういうものが好きなの」

この朝は前日とは別の入江にとまっている舟を見つけた。船頭は顔が黒くてみな同じに見えるが、前日の船頭とは違うらしい。気の遠くなりそうな水量をたたえた川はその流れる力もゆるやかだが圧倒的で、二人が交互に何度かあくびを洩らしているうちに、舟を河口に近い船着場まで運んでいった。

陽炎に包まれた都市は蜃気楼の都市のように見える。その蜃気楼のどこかに別の桃花源があるのだろう。ビルやクレーンが林立するこの港町まで来れば、その先は何もない海である。海の中にありそうなのは龍宮くらいで、それは桃源郷とは似て非なるものである。

二人は舟から下りた。港の方に歩いていくと、見上げるほどの巨船が接岸して、人が乗り下りしている。やがて下りる人がいなくなって、まもなく出航らしい。

ふと気がついた時、久実さんの姿はなかった。慧君がぼんやりしている間に乗船客にまぎれてあの船に乗りこんだのではないか。そんなことも考えられる。そのうちに船は栈橋を離れてゆらりと水に浮かび、海に出るために方向を変えはじめていた。

　蜃気楼の街の向こうには春の海がある。海は霞の下にある。どこの港へも寄ることもなく現れては過ぎていく船もある。さっきの船もそんな幻の船の一つだったかもしれない。その船は今霞の中に溶けていった。

玉中交歓

この夏は、雨の少ない梅雨が明けたとも明けないともわからないまま猛暑がやってきた。いわゆる熱帯夜が続く。慧君はそれをもってまわった言い方で真希さんにこぼした。

「夜熱《やねつ》依然として午熱《ごねつ》に同じ。誰かがそんな詩を詠んでいた。夜、窓を開けて寝られるところへ出かけたくなったね」

「暑さに弱いペンギンなら、日本脱出したし、というところでしょう」

「そんな大袈裟な話ではないけど、伏日《ふくじつ》いずれのところにか遊ばん、と言いたくなる。まあ、近いところで臨湖亭あたりかな。この夏はお祖父さんたちも行く予定だと聞いていた。ぼくたちは一足先に行って怪奇なことでも楽しむとするか……」

「あそこでは怪しいことが起こるの？」

慧君は以前臨湖亭に行った時のことを話した。夜湖上を動く怪しい光、湖上に浮かぶ一粒の真珠のような小舟とその中でヴィーナを弾く女、その翌日の男女の行方不明者が出た事件、慧君がひそかに女の死体のようなヴィーナを湖に沈めたこと……。

「ちょっとした綺譚というところね」

真希さんは意味深長な笑みを浮かべた。

「何が言いたいの？」

「慧君はそのヴィーナだか何だか、つまりはヴィーナの姿をした女の人と楽しんだという話でしょう？」

「君を知る前の話だ」

「ごちそうさまでした」と言いながら真希さんは立ち上がった。「それでは出かけましょうか」


湖はこの前に来た新緑の頃よりもさらに濃い青緑に輝いている。それを見て、真希さんは「ブルー・キュラソーでも溶かしたみたい」とバーテンダーを経験した人らしい感想を漏らした。

臨湖亭に着くと、真希さんは別荘入り口の三門風の造りの門に掲げられた扁額を読んだ。

「臨湖亭。聞いたことがあるわ」

「ぼくがつけた名前だけどね」と慧君はわざと自慢げに言った。「王維の別荘は輞川《もうせん》の谷にあって、そこには眺めのいい場所や建物が二十ほどあった。その一つが臨湖亭だ。王維は、立派なお客様を迎えて舟で湖上の臨湖亭に案内する、という詩も作っている。今回は君がその上客だ」

「立派な別荘だけど、さすがにこの湖とそのまわりの山全部がお祖父様の別荘だというわけではないのね」

「残念ながらね。臨湖亭も古い小さなホテルを買い取って改築したものだ」

　この夏、入江一族は誰もまだ泊まりにこないということで、客は慧君と真希さんの二人だけだったが、ホテルと同じで、この時期になるとサービスをする人たちは揃っている。バーに入って、早速真希さんがつくってくれたのはブルー・キュラソーを使った湖水の色に似たカクテルだった。ブルー・デヴィルという名前が浮かんだが、真希さんは、ちょっとした媚薬のようなものだと平気な顔で言った。

　二人はいつもなら入江さん夫妻が使う一番いい部屋に入って、まずはその夜の歓を尽くした。

　翌朝、慧君がこの部屋についている土俵ほどもあるジャグジーに入っていると、真希さんも入ってきた。

「ぼくはゆうべの夢で大きな魚か海豚《いるか》のようなものになっていた。君を背中に乗せてあの孤山の島まで泳いでいく。上陸したら牛になっている。鰭《はた》だったものが四足になって、角まで生えているのに気がついた」

「便利な水陸両棲動物ね」

「そこで君と暮らして、子供が三人できた」

「どこかで聞いたような話ね」

「残念ながら」と慧君もそれを認めた。「ゼウスとエウローペーの話みたいだ」

その午後、慧君はそのゼウスになった気分で高楼から「下界」を見渡していた。つまり、臨湖亭のバルコニーでロッキングチェアを揺すりながら湖畔の賑わいを眺めていたというだけのことであるが、真希さんは双眼鏡を持ってきた。

「いらない。ぼくの視力は二・五あるんだ」

湖畔の白砂青松のあたりには遊覧の客や滞在客の姿が多く、色とりどりのガラス玉のようにゆるやかに離合集散している。慧君はビーチパラソルから出てきた水着の美少女を見つけた。

「あれだけどね。遠目には君にとてもよく似ている」

「ひょっとすると、少女の頃の私かもしれない」と真希さんは辻褄の合わないことを言った。

「あのゼウスなら、オリュンポスの山の上からこうやって下界を物色していて、見目麗《みめ》しい少女を見つけると早速下りていって物にしようとする」

「ある時は牛に化けたりして」

「奥さんのヘーラーの目を盗むためもあるだろうが、牛に化けるのは得意らしいね。エウローペーに近づいた時もそうだった。優しげな目をした雄牛になって、少女の差し出した手をなめたりする」

「ゼウスときたら、生身のままで現れたのでは、女の子なんか卒倒してしまうほど恐ろしげな神様でしょう？　そこは慧君と違う。あなたはそのまま行って手をとればいい。どんな女の子もとろけてしまう」

「でも君がヘーラーよろしく見張っている限り、そんなことはできない」

「私がヘーラー？　ヘーラーって、でっぷりしたおばさんで、いやにえらそうな正妻でしょう？」

「そう、おまけにとても嫉妬深い女神だ」

「私はちっとも嫉妬深くはありませんけどね」

そうだろうかと慧君は思ったが、真希さんの目は濃いサングラスの下にあって読めなかった。唇に優雅な笑みが浮かぶと、意外な言葉が出てきた。

「私ならヘーラーより西王母になりたい」

「ヘーラーよりもっと怖い神女だね」

「女神と神女はどう違うの？」

「知ってて訊いてるね。女神は神であって性が女。これは偉すぎて人間の男とは交わらない。男の方も恐れ多いだけでとてもその気になれない。神女は神通力をもった女の妖怪だ。こちらは人間の男とも交わる。誘われた男も夢中になる。そのかわり何をされるかわからない。妖怪だからね」

「私は妖怪志望だということにされちゃった」と言って、真希さんはわざとらしく溜息をついた。

その午後には黒い雲が垂れて物騒な風が吹いた。遠くで雷も鳴り、それから夕立が襲った。湖面を激しい水しぶきが走った。しかし夜が更けると、高い星空が現れ、湖は磨いたように静まった。今回は九鬼さんがいない。あの時も怪奇なことを引き起こすのに九鬼さんが関係していたとすると、真希さんと二人だけの今回は、不可思議なことも起こらないだろう。慧君がそう思ったということは真希さんの力をつい軽く見ていたことになる。

それが真希さんの存在と関係があるとも思えなかったが、夜の湖上に現れる怪しい光は今回も見られた。前の時とは違って、青や赤の光芒をもった玉のようなものが、水面を何度もバウンドしながら滑っていった。玉の本体は白熱光を発している。誰かが扁平《へんぺい》な石を投げて水切りをしているような具合だったが、水切りだとするとなかなかの腕前で、光の玉は一度は孤山にぶつかるあたりで空高く舞い上がり、ループを描いて落ちてくると、また水面を滑走して岸に戻ってきたりした。真希さんは慧君の手を握って、無邪気に感嘆の声をあげていた。

翌日の昼前、一人で散歩に出かけた真希さんが息を弾ませて帰ってきた。

「怪しいものを見つけたわ、ほら」

そう言って差し出した掌には、片手でちょうど握れるほどの丸みを帯びた石が載っていた。どこが怪しいかと言えば、林の手前の白砂の上に転がっていたこの石は、その中から水分を出しているらしく、炎天の下で、水から上がったばかりの亀のように濡れていたという。そして握りしめると、さらに中から水がにじみ出てくる……そう言いながら真希さんはその石を強く握った。指の間から水がしたたった。

「この種の石の話は前に読んだことがある」と慧君も言った。

昔、長崎の町家の礎にした石に、不断に水気を出して潤っているものがあった。唐人がそれを見て買いたいといった。主人は仔細ある石だろうと思って、この礎を取り替えた。そして問題の石を見ると、いつまでも潤って水が出ている。これは石中に玉があるにちがいないと思って、この石を研いでいくうちに、誤って割ってしまった。すると石の中から小魚と一緒に水が流れ出た。魚はたちまち死んだ。そこで全部捨ててしまったのだが、その話を唐人が聞いて残念がり、「玉中に蟄《ちつ》するものがあって、この玉を傷つけないように静かに磨きをかければ金の器物であった。惜しいことだ」と言った。

慧君は『耳嚢《みみぶくろ》』に出てくるこの話をしてから、ぼくなら細心の注意を払って玉を取り出してみせる、と言った。しかし真希さんは信用せず、こういうことは私が器用だし、しかるべき道具も必要だから、と慧君を制して、この石を持って厨房に入った。

その夜、食後にバーに移った時、真希さんはカウンターの中に入って、首尾よく取り出した玉を銀の盆に載せてうやうやしく差し出した。玉のまわりの石はすっかり取り除かれ、玲瓏たる玉が輝いていた。玉の大きさは卵ほどで、形も完全な球ではなかったが、いびつでもない。慧君の予想とは違って透明度が高く、水と光を混ぜて凝固させたような玉である。そしてその内部には不思議なものが封入されている。

「何が見えますか」

「これは魚ではない。どう見ても女の人だ」

「さっきまで何も見えなかったのに……」

真希さんはびっくりしたように目を見張ったが、見ようによっては会心の笑みに近い表情のようでもあった。

「それも生まれたままの姿で」と言ってルーペを渡そうとすると、真希さんはそれを断って玉に目を近づけた。

「視力三・〇の私の目で鑑定したところ、絶世の美女と見えました」

「またまた言うが、君に似ているような気がする」

「そう言って下さるのは嬉しいけど、玉中の美女では手が出ないでしょう」

「観察しているだけで飽きない」と慧君は言ったが、観察というよりも目で玩弄するのに近いというべきか。慧君のその気持ちに応じるかのように、玉の中の裸女はさかんに動いていた。それも猫のような動きをする。後足で耳の後ろを掻いたりする、あの動きまで見られる。

これは人間だろうか、と慧君が間の抜けたことを言うと、真希さんも、人間の形をした妖怪でしょう、と当たり前のことを言った。

やがて玉中の美女は苛立ったのか、口を開け、手を振って、何やらしきりに訴えているようでもある。外に出たがっているのかもしれない。玉を割ってこの世界に出してやれば、女はたちまち普通の人間の大きさになって一緒に食卓を囲んだりすることになるのではないか。そうなると裸のままでは具合が悪い。

「そうじゃないわ。あれは慧君に、入ってきて、と誘っているのよ」

「それは無理な注文だ」

「まあね」と真希さんは澄まして言った。

そのうちに玉の中の女は疲れたのか、猫のように手足を畳みこんだ姿勢で眠ってしまったようである。

「こういう場合、ゼウスだったらどうするか……」と慧君はまたゼウスを持ち出した。

「確か、ゼウスはダナエーに恋した時、黄金の雨に身を変じて地上に降って、ダナエーのもとに通ったことになっている。ダナエーは雨漏りに濡れて妊娠したというから、ゼウスって強力な精液そのものだったわけだ。この神様は、人間の女でも、気に入ったらすぐに種付けにかかる」

「それこそ世界最強の男神ゼウスの本領でしょう。慧君も一つその方式でやってみたら」

「黄金の雨だか精液だかになってこの玉の中に浸透するってわけか」

そんな話のあとで真希さんがつくってくれたカクテルは確かに黄金の雨の色をしていた。ドライ・ジンを使ったらしいから、アルフォンソあたりかと慧君は見当をつけたが、ジンの味と香りはあまり感じなかった。これも九鬼さんから習った魔酒の一つかもしれないと慧君は期待した。

　その夜はいつもより早く眠くなって、交歓なしに寝てしまったように思う。眠っている間に起こったことだとすると、すべては夢であるが、慧君の特別の才能からして、夢の場合は夢を見る自分を見て夢だと判断することができるので、混乱はない。それがこの時に限って、夢と夢でないものとの区別がつかなかった。気がついた時、慧君はすでに玉の中にいたのである。どうやって体を縮小して玉に入りこむことができたのか、それが不思議だと考えている自分には気がついた。しかしそんなことはどうでもいいと思う自分がそこに存在した。

　この玉の中では、それは当然のことかもしれないが、相手も慧君から見て、普通の人間の女と同じほどの大きさになっている。つまりは真希さんと大差ない体格である。ただ、外からルーペで見ていた時の妖女の印象とは大分違っている。相手は娼婦のような身振りで慧君を誘ったりはしない。主人を迎えた侍女のように、あるいはゼウスを迎えた少女のように、慧君の前にひざまずき、うやうやしく体に触れた。

　何かしゃべらないと失礼だと思った慧君は、あなたを抱きたかった、どうやってここに入ってきたかわかるか、というようなことを言った。すると女は笑った。いかにも嬉しそうな笑い方である。そして言ったことは、ここにいらっしゃった殿方はよくそんなことをおっしゃいます、というような営業用のせりふだったようで、慧君は少々がっかりした。

　いや、これは記憶違いだろう、と慧君はまた思い直した。この人は娼婦ではなくて巫女なのかもしれない。そういえば、淡い黄金色の肢体は神に捧げる優雅な舞のように動く。花の形に開かれた唇は高貴な器を思わせる。骨を感じさせないその肉は猫のように柔軟で、それが慧君を収めるや獣の力で伸び縮みする。その瞬間頭をかすめたのは、生殖行為とはこういうものだろうかということだった。

　事が終ったあと、女は甘い声で言った。

「あなたとここで暮らしたい」

「それはいいが、ぼくは服を持ってこなかった。君だって裸だ。ここには着るものも食べるものもないようだから、外から持ってこなければ……」

「大丈夫。ここでは何もいりません。私はあなたの子を生みます。何人でも生みます」

　それに対してはしかるべき反論をしたような気がする。いずれにしても、慧君は眠りに落ちていた。レム睡眠に入ると夢を見て、その夢の中で、さっきのこともすべて夢だったのだと確認し、次の夢でもまた同じことを確認した。そして朝が来て、あたりが明るくなったのを感じて目を開けた時、慧君は顔の上に世にも恐ろしいものを見た。

　天井一杯、いや天一杯に途方もなく大きな目が広がり、太陽を何百も合わせたよりも輝く瞳があって、慧君を見下ろしていたのである。それが玉中から見上げた真希さんの目だということは一瞬のうちにわかった。日頃からこれほど美しいものはないと嘆賞してやまないあの目が、今は笑っているのか怒っているのかわからないほど巨大なので、美しいけれどもこの上なく怖い。具合が悪いことに、慧君の横にはまだあの女がいる。こちらは恐ろしい目が見下ろしていることも知らずに猫のように丸くなって眠っている。ということは、これは夢ではない。いや、やはり夢の続きなのか……。

そこで突然玉中の世界は破裂したのか、慧君は普通の大きさに戻っていたのである。普通の大きさの目に笑いをたたえて真希さんがそこに立っていた。

「お目覚めのようね。いかがでした、玉中の交歓は」

「結構だったと言いたいところだが、最後は怖かった」

真希さんは澄ました顔で朝食に下りて行った。慧君が身支度をして下りていくと、真希さんは黄金色のジュースを飲みながら、ナプキンの上に置いてある玉を指差した。

「面白いものが見られますよ」

「これは驚くべき見ものだ」と慧君は狼狽を隠しながら言った。

玉の中の女はもう「身二つ」になっていた。裸の女が玉のような――と言いたいところだがすべては玉の中にあるのだった――裸の男の子を抱いてあやしている。その様子は母子像、たとえばマリアと赤ん坊のイエスというよりも、小さなペットと戯れている若い女を思わせるものがある。

「いかが。慧君の生ませた子ですよ」

「可愛いという気はしない。とにかくこれは困ったことだ」

「お育てになりたければ、私が育ててあげてもよございますよ」

「冗談じゃない。君にそんなことは頼めない」

「冗談です。私も育てたくない」

「どうしようか」

「こういう時のやり方は決まっているようね」

「どこかの王は、娘のダナエーとその子のペルセウスを、木箱に入れて海へ捨てさせた
……あの玉ごと湖の一番深いところに沈めよう」

そう言うと慧君は玉をナプキンに包んで部屋に持ち帰った。二度と玉の中を覗いてみる気はなかった。慧君はこの前もそうしたように、その夜遅く、闇にまぎれてボートを漕ぎ出した。今回は真希さんがついてきてくれた。親切からというより、慧君がするべきことをちゃんとするかどうか、確かめるためのようでもある。ボートが湖心に近づくと、慧君は今はただ石のような手触りの玉を静かに沈めた。自分の子を闇に葬ったような気分がするかどうか、慧君は一瞬頭の中を調べたが、特別の感情は何もない。

それから何事もなく数日が過ぎたある日、湖上は朝から雨だった。この時期には珍しい霖雨が煙り、山々は霧の濃淡の彼方に見え隠れしている。

慧君は真希さんを誘って雨中の散歩に出かけた。湖畔の遊歩道から湖を見下ろす丘に登っていくと、そこの木立の間に一軒の茶屋が建っている。

「蕎麦と岩魚の料理のうまい店で、看板は出ていないが、ウエキキケンという。ウは雨、

エキは何々も亦《また》、という時の亦《エキ》、キは小説より奇なりの奇、ケンは軒」

「珍しい屋号なのね」

「ぼくが勝手につけたんだ。蘇軾の詩を無断借用してね」

慧君が「山色空濛雨亦奇」の句を口にしようとすると、ほとんど同時に唱和するように、真希さんもそれを口にした。

「ああ、山色空濛《さんしょくくうもう》として雨も亦《ま》た奇なり、というあれね」

「君は何でも知っているね」

「慧君の頭に浮かんだことは全部私の頭にも転送されてくるので、それをただ鸚鵡返しに言っただけ」

「そんなことができるなら大変なことだ」

「何しろ私は女神ではなくて神女ですから」

真希さんは雨の薄絹を通して霞む湖と山に目をやって、一呼吸おいてから、大胆なことを口にした。

「ここに来てから少々上の空の御様子だったから、今夜こそあの山色空濛の霧よりももっと濃い巫山《ふざん》の雨と雲で包んであげるわ」

真希さんはそう言うと目を大きくして慧君を見つめた。それはあの玉中から仰いだ天一杯の目と同じ目だった。しかし今は少しも怖くない。それを失うことの方が怖い。それを言っておこうとして真希さんを見た時、その後姿に、すでに巫山の神女らしいものに変じつつあるのを感じた。ところが振り向いた真希さんは真面目な微笑とともにこう言ったのである。

「慧君がよかったら、私はヘーラーになってもいいわ。これが今回の臨湖亭綺譚の結論」

「大いに賛成できる」と慧君も言った。

臨湖亭に戻ると、入江さんたちの一行が到着したところだった。

解説　キメラ的怪物

松浦寿輝

甚だしい女性嫌悪《ミゾジニー》の持ち主であったボードレールは、「女は〈ダンディ〉の反対だ。だから女は嫌悪をもよおさせずにはいない」と書いている（『赤裸の心』阿部良雄訳、改行は省略、以下同）。その性差別的偏見に辟易する人々は当然多かろうが、それに続けて、「女は腹がへれば食べたがる。喉が渇けば飲みたがる。さかりがつけばされたがる。大した美点ではないか！　女は自然的である、すなわち厭《いと》うべきものである」（傍点原文）と嵩《かさ》に懸かって畳みかけてゆく彼の大袈裟な口吻《こうふん》に、わたしなどはむしろ笑いを誘われないわけにはいかない。何しろ彼は女が大嫌いだったのだ！

「政治的に正当」とは当然言えないこの女性蔑視をイデオロギー的に批判するのは容易だが、彼はこの人格的欠陥を、実人生上のあれほどの不倖で贖《あがな》ったのだから（準禁治産者処分、自殺未遂、生涯続いた貧窮、黴毒《ばいどく》に由来する脳障害、右半身不随、失語症状、享年四十六での早世）、この程度の無体な悪態は大目に見てやったらどうだろう。ところで、『赤裸の心』中のこの断章を締め括る最後の一行は、「だから女はつねに卑俗である、すなわち〈ダンディ〉の反対だ」というものだ。最初と最後で念押しするように強調されるこの「〈ダンディ〉の反対」という観念に、ボードレールにとっての「女」の定義は集約されるのだ。では翻って、ダンディとはいったい何なのか。ボードレールは別のところでこう書いている——「ダンディズムとは、思慮の浅い多くの人々が思っているらしいような、身だしなみや、物質的な優雅を度はずれに追求する心、というのともまた違う。そうしたものは、完璧なダンディにとっては、自分の精神の貴族的な優越性の一つの象徴にすぎない」(『現代生活の画家』)。

倉橋由美子という作家は、わたしの見るところ、女でありかつまた同時に「完璧なダンディ」でもあるというキメラ的怪物であった。『よもつひらさか往還』(二〇〇二年)と『酔郷譚』(二〇〇八年)を併せて、ここに『完本 酔郷譚』(以下、単に『酔郷譚』と呼ぶ)として刊行される本書にも、そのキュートな突然変異性は明らかだ。優れた知性に性別など無関係だという正論には、こと倉橋に関するかぎり、とうてい与することができない。彼女のあらゆる文章には、それが女性の手になるものだという事実が明瞭に刻印されている。しかし同時にまた、そこに貫徹しているこの恐るべき「ダンディズム」はどうだろう。『パルタイ』から『アマノン国往還記』まで、『蠍たち』から『酔郷譚』まで、「自然的」であることの厭悪が、またみずからの精神の貴族的な優越性への確信が、身だしなみだの物質的な優雅だのとは無縁の場所で、倉橋由美子を「完璧なダンディ」たらしめている。

『夢の浮橋』(一九七一年)以来、倉橋の後期小説群を主導するあの魅力的なヒロイン

「桂子さん」に孫がいて（直接の血の繋がりはないようだが、ここでは瑣事《さじ》には拘泥しまい）、それは「慧君」という名の絶世の美青年なのだという。『酔郷譚』は、その「慧君」が「酔郷」――はむろん「酔狂」「粋狂」に通じる――と呼ばれる多種多様な異世界への小旅行を繰り返す連作短篇から成っている。黄泉平坂《よもつひらさか》とは、現世と黄泉の国との境にあるとされた坂の謂《い》いで、「慧君」は半ば異界の住人であるらしいバーテンダー「九鬼さん」の作る奇怪なカクテルの助けを借りて、この境界を楽々と通過し幽明を往還して、その数々の異界で美女と出会い、心ゆくまで「歓を尽くす」。

　この「歓を尽くす」という典雅な表現がすばらしい。人間存在の本質的な「歓」とは、その極まるところは食と性であろう。「慧君」はカクテルへの嗜好を除けば食への執着はあまりないようだが、それでも「緑陰酔生夢」の章の宴席では、「無限数列のように続くかと思われ」る山海の珍味に舌鼓を打っている。性については言うまでもない。ということはつまり、「腹がへれば食べたがる。喉が渇けば飲みたがる。さかりがつけばされたがる」とは結局、「慧君」の行動そのままではないか。最後のところは「されたがる」ではなく「やりたがる」と言い換えるべきなのかもしれないが、「黒い雨の夜」の章などでは彼は漆黒のカクテルを飲み、『荘子』の渾沌《こんとん》に似た何かと化して、躯《からだ》に怪しげな穴を穿《うが》たれ、盲目の美女となって「一休さん」に好きなように愛玩されてしまうのだ。

　すなわち「酔郷」とは、「ダンディズムの反対」であるところの快楽原理の世界そのものなのだが、と同時に、ここに登場する人々のことごとくが、男女を問わず、「自分の精神の貴族的な優越性」に揺るぎのない自信を持っていることもまた明らかだ。「歓を尽くす」のは、動物的な本能への盲目的な埋没ではなく、貴族的に優越した精神にのみ赦された、余裕ある優雅な遊戯だとでも彼らは言いたげである。

一見、「慧君」の体験する数々の冒険は、男根主義者のいい気なファンタジーの理想的な具現であるかに見える。世にも稀な美女たちとの後腐れのない一夜の交歓……。しかし、「慧君」には男根的な征服欲などはかけらもなく、よく読めば「慧君」はむしろ女たちに翻弄されっぱなしで、「広寒宮の一夜」などでは時間を逆行し、母胎のうちに取り込まれ、「次第に小さくなり、爬虫類から魚類の形を経て、ついには消滅」してしまいそうにもなる。男根的ユートピアの「脱構築」の実践とでも言おうか。黄泉平坂を越えるたびごとに「慧君」が体験するのは、男の性行為など、女のてのひらの上で遊ばされているだけのことにすぎないのではないかという自己否定の恐怖にほかならない。まさにその甘美な恐怖こそを憑かれたように追い求め、「慧君」は「酔郷」への往還を飽きることなく繰り返す。

その空想旅行を記述する倉橋の散文は、「貴族的な優越」と「自然性の拒否」によって定義されるダンディズムの極致である。日本近代文学の作家で、倉橋ほどダンディな文章を書いた作家は、ここでもまた男女を問わずという註記を添えておくが、まず皆無と言うほかはない。駄々っ子のように「女」を悪罵するボードレールなど、倉橋にかかってはまるで子ども扱いされてしまうだろう。

ダンディズムの言語が極まるところは詩である。『酔郷譚』は小説のかたちでの詩の讃歌とも読める。いたるところで詩が引用され、そこから物語の種子が発芽して、小説的想像力を駆動する。これを単に嫌味な衒学趣味と見なす読者は、倉橋由美子の貴族的世界とは無縁である。参照される詩は主に王朝の和歌と漢詩、すなわち反近代に属するもので、最後期に至って彼女は近代日本の精神風土に何か深い嫌悪を抱くようになっていたとおぼしい。「青蛙おぬしもペンキ塗りたてか」（芥川龍之介）や、「日本脱出したし　皇帝ペンギンも皇帝ペンギン飼育係りも」（塚本邦雄）など、かすかな目配せはあっても、原文をちゃんと引用してさえもらえないのだ。

倉橋由美子の詩歌の趣味はかなり上等だと思うが、本書とは無関係ながらひとこと留保を付けさせてもらうなら、わたし自身は彼女の三好達治好きには昔から違和感を持っていた。『測量船』であろうが『駱駝《らくだ》の瘤《こぶ》にまたがつて』であろうが、あの小器用な芸風をわたしは一流の詩とは思っておらず、そこに「古典的格調」のようなものを見て素直に感心してしまうあたりは、ややナイーヴにすぎると思う。が、結局、近代詩や現代詩の命運などに彼女は何の興味も抱いていなかったのだろう。ボードレールの破滅的な人生と作品などには、軽蔑しか感じていなかったのではないか。

「女」でありかつ「ダンディ」でもあるような個体が存在しうるとすれば、「女」それ自体の定義が変わるほかはない。ごく単純に、倉橋由美子は「女」の定義にラディカルな革新をもたらした作家なのかもしれない。そこには「自然的」であることに自足した旧態依然たる「女流文学」もなく、「貴族的な優越」とは無縁のフェミニストの肩肘張った自己主張もない。しかもなおかつ「女」であるところの何ものかがそこにいる。恐ろしいことだと思う。

本書は一九九六年四月から二〇〇四年九月にかけて「サントリークォータリー」誌に断続的に連載された「カクテルストーリー・酔郷譚」の初の完全収録版である。二〇〇二年三月に講談社より刊行された『よもつひらさか往還』と、二〇〇八年七月に小社より刊行された『酔郷譚』を底本とし、改題した。

完本《かんぽん》 酔郷譚《すいきょうたん》

二〇一二年 五 月二〇日 初版発行
二〇二一年一〇月三〇日 2刷発行

著　者 倉橋由美子《くらはしゆみこ》
発行者 小野寺優
発行所 株式会社河出書房新社
〒一五一－〇〇五一
東京都渋谷区千駄ヶ谷二－三二－二
電話〇三－三四〇四－八六一一（編集）
〇三－三四〇四－一二〇一（営業）
https://www.kawade.co.jp/

ロゴ・表紙デザイン 粟津潔
本文フォーマット 佐々木暁
印刷・製本 中央精版印刷株式会社

Printed in Japan ISBN978-4-309-41148-4

ひとり日和

青山七恵　41006-7

二十歳の知寿が居候することになったのは、七十一歳の吟子さんの家。奇妙な同居生活の中、知寿はキオスクで働き、恋をし、吟子さんの恋にあてられ、成長していく。選考委員絶賛の第一三六回芥川賞受賞作！

青春デンデケデケデケ

芦原すなお　40352-6

1965年の夏休み、ラジオから流れるベンチャーズのギターがぼくを変えた。“やーっぱりロックでなけらいかん”——誰もが通過する青春の輝かしい季節を描いた痛快小説。文藝賞・直木賞受賞。映画化原作。

A感覚とV感覚

稲垣足穂

永遠なる“少年”へのはかないノスタルジーと、はるかな天上へとかよう晴朗なA感覚——タルホ美学の原基をなす表題作のほか、みずみずしい初期短篇から後期の典雅な論考まで、全14篇を収録した代表作。

オアシス

生田紗代　40812-5

私が〈出会った〉青い自転車が盗まれた。呆然自失の中、私の自転車を探す日々が始まる。家事放棄の母と、その母にパラサイトされている姉、そして私。女三人、奇妙な家族の行方は？　文藝賞受賞作。

助手席にて、グルグル・ダンスを踊って

伊藤たかみ

高三の夏、赤いコンバーチブルにのって青春をグルグル回りつづけたぼくと彼女のミオ。はじけるようなみずみずしさと懐かしく甘酸っぱい感傷が交差する、芥川賞作家の鮮烈なデビュー作。第32回文藝賞受賞。

ロスト・ストーリー

伊藤たかみ　40824-8

ある朝彼女は出て行った。自らの「失くした物語」をとり戻すために——。僕と兄アニーとアニーのかつての恋人ナオミの３人暮らしに変化が訪れた。過去と現実が交錯する、芥川賞作家による初長篇にして代表作。

狐狸庵交遊録

遠藤周作　40811-8

遠藤周作没後十年。類い希なる好奇心とユーモアで人々を笑いの渦に巻き込んだ狐狸庵先生。文壇関係のみならず、多彩な友人達とのエピソードを記した抱腹絶倒のエッセイ。阿川弘之氏との未発表往復書簡収録。

父が消えた

尾辻克彦　40745-6

父の遺骨を納める墓地を見に出かけた「私」の目に映るもの、頭をよぎることどもの間に、父の思い出が滑り込む……。芥川賞受賞作「父が消えた」など、初期作品５篇を収録した傑作短篇集。解説・夏石鈴子

東京ゲスト・ハウス

角田光代　40760-9

半年のアジア放浪から帰った僕は、旅で知り合った女性の一軒家を間借りする。そこはまるで旅の続きのゲスト・ハウスのような場所だった。旅の終りを探す、直木賞作家の青春小説。解説＝中上紀

ぼくとネモ号と彼女たち

角田光代　40780-7

中古で買った愛車「ネモ号」に乗って、当てもなく道を走るぼく。とりあえず、遠くへ行きたい。行き先は、乗せた女しだい――直木賞作家による青春ロード・ノベル。解説＝豊田道倫

ホームドラマ

新堂冬樹　40815-6

一見、幸せな家庭に潜む静かな狂気……。あの新堂冬樹が描き出す“最悪のホームドラマ”がついに文庫化。文庫版特別書き下ろし短篇「賢母」を収録！　解説＝永江朗

母の発達

笙野頼子　40577-3

娘の怨念によって殺されたお母さんは〈新種の母〉として、解体しながら、発達した。五十音の母として。空前絶後の着想で抱腹絶倒の世界をつくる、芥川賞作家の話題の超力作長篇小説。